红缨马鞭

寇　斌◎著

远方出版社

图书在版编目(CIP)数据

红缨马鞭 / 寇斌著 . -- 呼和浩特 : 远方出版社,
2020.5
ISBN 978-7-5555-1315-5

Ⅰ.①红… Ⅱ.①寇… Ⅲ.①中篇小说－小说集－中
国－当代②短篇小说－小说集－中国－当代 Ⅳ.
① I247.7

中国版本图书馆 CIP 数据核字 (2019) 第 121691 号

红缨马鞭
HONGYING MABIAN

作　　者	寇　斌	
策划编辑	胡丽娟	
责任编辑	王　叶	
责任校对	王　叶	
版式设计	王改英	
封面设计	高月雅	
出版发行	远方出版社	
社　　址	呼和浩特市乌兰察布东路666号　邮编 010010	
电　　话	(0471) 2236473 总编室　2236460 发行部	
经　　销	新华书店	
印　　刷	内蒙古爱信达教育印务有限责任公司	
开　　本	170mm×240mm　1/16	
字　　数	180千	
印　　张	13.5	
版　　次	2020年5月第1版	
印　　次	2020年5月第1次印刷	
标准书号	ISBN 978-7-5555-1315-5	
定　　价	45.00元	

如发现印装质量问题，请与出版社联系调换

Contents 目录

刻骨铭心的记忆

引　言　/3

乞丐"狗嫌臭"　/7

"狗嫌臭"娶媳妇　/12

烧麦馆提亲　/15

操办婚事　/18

"狗嫌臭"，老爷让你回去　/21

逼　婚　/25

斩草除根，以绝后患　/28

财主女儿与长工的恋情　/31

带着漂亮媳妇的青山寨寨主　/36

伪甲长　/45

忠义堂　/47

宁堵城门，不堵水道　/50

Contents

目录

红缨马鞭

天上掉大饼，天大的喜事　/55

胶皮车　/57

驯　马　/60

甩鞭子　/67

杀　羊　/71

车马俱乐部　/75

蜈蚣坝，白道岭　/81

收　割　/85

喜庆之年　/90

Contents 目录

猪肉烩酸菜

梦中的呼喊　/95

遇到相好的　/100

偷情惊动了玉米地里的鹌鹑　/105

闹洞房，听喜房　/111

老队长　/119

队里晌午给分的焙子　/122

喂猪喂出了感情　/127

杀　猪　/130

猪肉烩酸菜　/136

Contents

目录

陆文和安妮

一　/143

二　/147

三　/151

四　/158

五　/165

六　/168

七　/172

八　/174

Contents 目录

朴素的年味

一 /179

二 /187

三 /194

四 /197

五 /201

后记 /203

HONGYING MABIAN

刻骨铭心的记忆

| 刻骨铭心的记忆 |

引　言

要说我奶奶，她可是我们那个地方出了名的，无人不晓，无人不知。

在周围村子里人们的眼中，她可是一个与众不同的女人。

起初，这事儿我还是从和我一起光屁股长大的小伙伴儿那里发现的。

在我小的时候，我们那个地方的村子里住的人都不太多，大一点儿的村子有五十多户人家，我们那村子才二十多户人家。

村子的西头有一条河。河面很宽，水不太深，常年水流不断。

每逢春暖花开的季节，远远望去，蓝天白云，青山脚下弯弯曲曲、亮晶晶流淌的河水迎面而来，就好像从天边流来的银河一样。你可以看到微风吹拂着水面掀起的道道波纹，以及郁郁葱葱、随风摇摆的芦苇草，还可以听到如同轻音乐般哗啦啦的流水声，闻到散发着淡淡清香的水草味。

走到河边，清凌凌的河水一眼就能见到底，水中成群的小鱼游来游去。

河中蒲棒深草里的水鸟，毫无倦意地"嘎嘎叽、嘎嘎叽"地唱着诱

刻骨铭心的记忆

人的歌；结伴的蜻蜓悠闲地在水面上飞来飞去，捕捉着小蚊蝇。

河岸边绿草如茵，一望无边，好似绿地毯。飘散其中的各种颜色的小花朵，散发着迷人的香味。草丛中，不知名的小昆虫摇晃着屁股爬来爬去。蜜蜂、蝴蝶，自由自在地飞翔着，觅食、嬉戏，感受着大自然的恩赐。

这条河成了我们周村小伙伴儿们必去玩水、摸鱼的好地方。

西村有一个小伙伴儿，叫"牛魔王"，这绰号是我们给他起的。因为他满身长着又黑又长的汗毛，论长相，还真有点儿像《西游记》"小人书"里画的"牛魔王"一样。他是西村的孩子王。

我去河边玩儿的时候，只要是遇上他，旁边有过往的行人路过时，他就指着我，故意扯开嗓子使劲儿喊："来看呀！——这就是'臭奶奶'的——孙子啊！"

这时，人们便会用异样的眼神，直勾勾地看着我。

和他一起来的村子里的小孩儿，仰起头跟着他一起混笑，开始故意戏谑我。

而我们村子的小孩儿，面对这事儿，只能向我投来无奈的目光。他们村子的小伙伴儿多，每次打水仗我们总是大败而归，不欢而散。

这时候的我，气得咬牙握拳，两眼瞪着他，眼睛里直冒火花。

有一天，他尾随在我身后，趁我不注意，冷不丁把我的裤子拉了下来，然后嬉皮笑脸地边跑边喊："大家都来看呀！看——'臭奶奶'孙子的'小鸡鸡'……"

记得那一天，在一起玩的还有女孩子。

我又羞又气，和他打了一架。

这事儿，不知哪个多嘴的和我奶奶说了。我知道，挨一顿臭揍是无法避免的了，就是躲到天涯海角也逃不脱。

我奶奶手拿鸡毛掸子，狠狠地抽打着我的屁股，将我教训了一顿，还说我不和人家好好相处。

教训完后，她用鸡毛掸子杵着我的屁股问："知道了没？"

"知道了！"我低着头，苦着脸，声音很低地说。

"记住了？"又问。

"记住了！"我边说边用手抹着眼泪和鼻涕，然后拔腿就跑，不见了踪影。

奶奶看着我的背影，"扑哧"一声笑了。

后来，我慢慢地意识到这个问题：为啥我奶奶总是那么引人注目？为啥和我一起玩的小孩儿，谁的奶奶也没有像我奶奶那样引起周围孩子和大人们的关注？

到我长大一点儿，有了记忆时，每次和奶奶出门去外面，我总会感觉到有人在背后指指点点。从他们脸上浮现出的笑意中不难看出，有的表现出善意，有的则表现出恶意。

我也仿佛能听见人们发出的感叹：

瞧——这女人！

瞧——这孩子！

我，就是在这样的感觉中长大的。

直到和奶奶晚年一起上街的时候，我还依稀能听到人们心里发出的羡叹：

瞧——这老太太！

瞧——这孩子！

奶奶穿的衣服虽破旧，但总是浆洗得干干净净，整洁、利落。奶奶

刻骨铭心的记忆

走起路来腰板很直，款款而行。

老人家持杖行路时，我搀扶着她，一边回答熟人的亲切招呼，一边回应着认识和不认识人的目光。

我仍然像孩子一样，沉浸在娇矜自若的喜悦中。和奶奶在一起的时候，我感到血管里的血流得分外欢畅，心中很是得意。

我无法想象心里还会有其他想法，一点也没觉得自己是一个没娘的孩子——我能感到自尊和满足。

到奶奶晚年的时候，我依旧常被她责斥，但也会觉得那是一种赞赏和夸耀。

长大了，我才明白：在奶奶的身上，确实有很多故事，隐藏着很多的秘密，使人难于理解。

乞丐"狗嫌臭"

听老人们说，那是一个阳光明媚、秋高气爽的好日子。唢呐、锣鼓，吹吹打打，娶亲的人抬着一顶花轿，热热闹闹、欢天喜地地朝着一个寸草不生、熬盐刮碱的穷地方——营子村走去。

村里的人们惋惜地说：一个如花似玉的姑娘，非要嫁给一个讨吃要饭的"狗嫌臭"。

那可是——狗也嫌臭的人。

常言道：好事不出名，赖事满天下。这一怪事奇闻，很快在周村十里八乡的人们当中传开了，一传十、十传百，世人皆知……

周村的人们感叹：可真是的，一朵鲜花咋就往牛粪上插？！

花轿里坐着的就是我奶奶。娶她那个讨吃要饭的乞丐，人们管他叫"狗嫌臭"的人，就是我爷爷。

听老人们说，我爷爷来我们村的时候，他连自己的亲生父母是谁都不知道，好像他从来也没见过自己的父亲和母亲，更不知道自己多大岁数，是哪个地方的人。

有时，他也问自己，他是怎么来到这个世界上的，石头变的？想着想着，自己摇摇头。

他只知道，引领他讨吃要饭的第一个乞丐师傅殁了，后来又跟着的一个讨吃要饭的乞丐师傅也离开了人世。

从那时候起，他就一个人讨吃要饭，转村沿街地流浪着。

那一年夏天，天气分外热，他流浪到了营子村"榜眼府"大院的门口。又饥又渴的他，再也走不动了。

营子村最有钱的，就是这个"榜眼府"大院了。那是一座四合头院落，是周村唯一的一处砖瓦房。

这座四合头大院，早先清朝时期的主人科举考取过第二名，也就是榜眼。常言说得好，"富不过三代"。后人败落下来。

四合头大院的房子是祖上留下的，造型美观，错落有致，砖木结构，跨八分，四角落地，屋脊六兽，处处是砖雕、木雕的插飞房。整个房子都有长廊连接着。两扇铁锈红色的大门排序整齐，铆着黑色的铁钉。门洞又宽又深。大门口矗立着一对彪悍的石狮子，咧着大嘴，守护着大院。

周村的人管这大院叫"榜眼府"。

起先，"榜眼府"大院的男男女女、老老少少以及过往的人们，见了他——臭气熏天的乞丐，都捂着鼻子走。偶尔有人打发家里的孩子们，远远地抛给他点儿东西吃。

可过了好几天还不见他走，狠心的主人就让家里的小孩儿牵出喂养的大黄狗，想着让狗去撵他。

他们家养的大黄狗，狮子头，像小牛犊一样又壮又凶。每年村子里总会有几个人被这条狗咬伤或咬残。

就在前不久，他家的小少爷，领着一个小孩儿到他家玩儿，刚刚进院，大黄狗就扑了过去，一口咬住那小孩儿的胳膊。紧喊慢喊，小孩儿胳膊还是被咬断了。而后，仗着他们家有钱有势，给了几个钱就打发了事了。

说也奇怪了，小少爷牵着大黄狗走到爷爷跟前，那狗既不叫也不上身咬。

牵狗的小少爷拉拽着狗绳，极力指使着狗："咬他……咬他！"

可那大黄狗慢慢地走到他身边，在他身上嗅来嗅去，前前后后、左左右右，转悠着闻了半天，然后伸出了长舌头，"哈！哈！"地摇着尾巴走开了。

牵狗的小少爷心里直纳闷：往常让大黄狗干什么它就干什么，叫咬谁就咬谁，可今天，这狗……

他沉思了片刻，撇开狗绳，惊恐地朝院内跑去，一边跑一边上气不接下气地喊："讨吃鬼！讨吃子……是鬼！鬼……鬼！狗……也嫌……他……嫌他臭！"

这事儿惊动了"榜眼府"大院的老东家。

老东家年已六十开外，就近看去，他有着一副慈善家的和蔼外表。他的头稍微有点秃，圆圆的前额，微笑时露出一排雪白的假牙，一切仿佛透露着此人身上有一种乐善好施的品格。只有眼睛与这种推测不符合，那对小眼睛深陷在脸颊之上，显得阴险狡猾。嘴上有十几根稀稀疏疏的黄胡子，捋在一起，习惯性地向两边撇着，形成翘翘的八字形，样子顶神气，很像个绅士。

当时，他正在家中品茶，听到这事儿，心想："我活了大半辈子也没见过，更没听说，能有这事情儿？可真是活见鬼了……"

在"榜眼府"大院下人和小孩儿的簇拥下，老东家拄着拐杖，慢条

斯里地迈着四方步朝大门口走去。

离大门还有十几米时，他就闻到一股顶着鼻子连气都出不来的味道，忙用手帕捂住嘴，走到我爷爷跟前。

只见这乞丐瘦小干枯，蓬头垢面，衣衫褴褛，身上裹着一条破烂麻袋，有气无力地躺在大门旁边，眼睛仿佛成了两个黑洞，眼角积结着干涸的眼屎，像泥土一样暗褐色的脸上布满皱纹，几乎没有一丝生气。他无力的胸膛微弱地呼吸着，手里却紧紧握着一根棍棒。他腿上的脓包散发着恶臭，绿头苍蝇"嗡嗡"地绕着他飞来飞去。成群的蚂蚁在他的身下争抢着他掉下的残渣剩饭。这一切看了令人作呕。

"榜眼府"大院的老东家使劲捂着嘴，向前稍猫了猫腰，仔细端详了一会儿，便拿起拐杖，杵着我爷爷的屁股问道："嗨！你……多大了？"

摇摇头。

又问："你家是哪儿的？"

又摇摇头。

……

老东家认真地询问了一会儿，见一问三不知便回了家，眯着小眼睛开始琢磨起来，然后把管家叫到身边，吩咐说："我看这孩子年岁不大，人虽瘦小，五官却长得周正，只是饿得太厉害。看来，这讨吃鬼，他和咱家有缘，或许是菩萨给送来的男丁。眼下，我们也正缺人手……"

就这样，老东家吩咐下人给他点儿吃的，清洗清洗，换换衣服，收留了他。

从此，人们就管他叫"狗嫌臭"。

后来听说，"榜眼府"大院的老东家还在菩萨面前跪拜着上了香，不知许了什么愿。

常言道：人是铁，饭是钢，一天不吃饿得慌。这话一点儿也没说错。因为每天都能有剩饭吃，没过几天，小乞丐的身体逐渐好转，感觉浑身也有了劲儿。他人十分勤快，早早地就从喂牲口的草料房起床，倒夜壶、提茶壶、喂牲口，"榜眼府"大院老东家一家的杂活他样样都干，很晚才睡。

挨打、受气虽是家常饭，可他没有逃。他把这里当成自己的家，把老东家两口子当成父母侍奉，很快就融入这个家庭。

他孝顺、勤快、懂事，自然没有人外待他。他自己长这么大第一次感到了有家的感觉，这是他梦寐以求的，因此备感温暖。

也就是个十几岁的孩子，懂得什么？一个"勤"就招人喜欢，也弥补了他所有的不足。眼勤，勤看勤学；手勤，爱干活，手脚麻利；腿勤，呼之即来，干啥都跑得快——这样的孩子谁都想多看一眼。

老夫人总是美滋滋地看着他，只恨不是亲生的。老东家见了他，也总是得意地眯着眼，习惯性地用手捋着八字胡，心里不知道有多高兴。他庆幸自己当时有眼光，收留了一个不用花钱的受苦人、壮劳力。

刻骨铭心的记忆

"狗嫌臭"娶媳妇

周村的人看不上我们营子村这个地方，都说这里是个熬盐、刮碱的穷地方。可这里的碱土，却是营子村的"宝"。

营子村地势低洼，地下水位高。每年春天大风过后，塞北大地整个上半年，村子周围的整个大地上，就滋生出白茫茫的一眼望不到边的大自然恩赐的碱土。

这碱土，可以用来做硝、做盐，是营子村得天独厚，取不尽、用不完的宝贵资源。硝是当时盛行的皮毛行业和一些小手工作坊必备的工业原料。盐，更是每家每户日常生活不可缺少的食物。

在那个年代，这里就成了青山城周围独一无二的产盐、产硝的"圣地"。

这儿的土地大多是"榜眼府"大院的。他们家拥有大片制作硝、盐的池子，一年中有两个季节都用来加工制作、销售硝和盐，这也是"榜眼府"大院主要的经济来源。

加工制作硝、盐是件苦力活儿。制作硝、盐的池子面积方圆一亩多，程序虽然不复杂，却要全部依靠手工操作，十分耗费体力。每次加工硝、盐，需要把先前晾晒过硝、盐的池子中的泥土一锹一锹挖出，用担子挑到池子外十几米高的土堆上，再把周围几里外带碱的土挑进池子里晾晒，提取硝、盐……这样的劳作不知一日要反复多少次。

"榜眼府"大院加工制作硝、盐的池子多，每年都要雇用大量的劳力。

像加工制作硝、盐这样的苦力活儿，我爷爷没多久就去参与了。他舍得出气力，一个人能抵得上俩长工。

在不知道他来历的人眼里，他和"榜眼府"大院家雇用的长工一模一样，没啥区别。

让"榜眼府"大院老东家没想到的是，我爷爷心特别灵。犁、锄、镂、耙、扬场、碾磨，诸如这些农活儿，一教就会，很快就能掌握要领。没多久，我爷爷就成了他们家干这些活儿的主要劳力。

一块二三十亩的庄稼地，他赶着牛犁过的地，从头到尾都是直直的，地垄两头各放一颗鸡蛋，相互都能看得着。连多年在"榜眼府"大院干活儿的老长工也不得不向他投去佩服的目光。

看着他一天天长大成人，村里的人们直夸我爷爷真有福气。也亏得老东家菩萨心肠，"榜眼府"大院的善人收留了他，他算是捡回了一条命，不然的话，他就成了村外孤魂滩上的野鬼了。

在一个深秋的晚上，刮着风，天很凉。

我爷爷像往常那样侍奉东家老两口洗了脚，提回夜壶，拿回尿盆，然后把所有的窗户检查了一遍，上了防风窗，回到屋里，低着头，怯声声地说："老爷，按您的吩咐，所有的活儿都做完了。如果没别的事，我下去了！"

"嗯——"老东家嗯了一声，点点头。

看着我爷爷退出家门的背影，老夫人咧着嘴笑眯眯地说："唉！这讨吃鬼，看着就长大了，你想过没，给他娶个媳妇，那咱们不就又多了个帮手，我也有个说话的人？"她看着老伴的眼神，撒娇地用胳膊肘推了推，又说道，"你说呢？"

"嗯！你说甚了？"好像刚刚醒悟过来，老东家扭过脸追问，然后又习惯性地捋着八字胡，眯着小眼盘算起来。

没多久，"榜眼府"大院的老东家从城里骑着高头大马回来了，下马时，差点儿摔倒在地下。门房下人急忙迎了过去，小心翼翼地把马拴在马桩上。

老东家醉眼迷离地问道："'狗嫌臭'呢？"

门房下人回答："下地干活去了。"

之后，老东家带着满身的酒味，提着马鞭跌跌撞撞地进了大院儿。

门房下人看着老东家进了院的背影，寻思：这几天总提那个"狗也嫌臭"的人，莫非真像伙计们传说的那样，要给那"狗嫌臭"娶媳妇？……这事儿可真也说不定……不知这老东西又要打"狗嫌臭"什么鬼主意？……

烧麦馆提亲

　　"榜眼府"大院的老东家从来不睡懒觉，每天大清早一起来，就会到"德兴源"茶馆吃烧麦，很会享福。即使顶着雨雪天气，他也要骑着马去。与其说他会保养身体，会享受口腹之欲，不如说他去吃烧麦是有他自己的目的和野心！

　　营子村离青山城不太远，大约五华里的路程。他骑着马，沿着马群道一溜风就进了城，到了大西街上的"德兴源"茶馆。

　　"德兴源"茶馆的烧麦是青山城远近闻名的特色小吃。

　　那儿的烧麦制作工艺很是讲究：先用特制的擀面槌把和好的面和着淀粉揉成薄薄的皮，碾成荷叶状；取新鲜的羊肉，配葱、姜等作料，再勾以淀粉，做成干湿适度，红、白、绿相间，香味扑鼻的烧麦馅；然后把馅放在烧麦皮上轻轻捏成石榴状；上笼蒸七八分钟，清香爽口、油而不腻的烧麦就出笼了。

　　烧麦这一特色美食，可追溯到元朝的茶马古道时期，因附带茶卖，俗语谓"附带"为"捎"，古称"稍卖"，又称"烧麦"。

　　"德兴源"茶馆始创于晚清时期，已有近百年的历史，起初叫"晋元"，是糕点铺，店主很有经营头脑。二十世纪三十年代初期，随着

刻骨铭心的记忆

城市的发展，他把烧麦和茶饮实现完美的结合，改名为"德兴源"茶馆，以经销茶叶为主，附带经营烧麦和糕点，很受广大食客欢迎。

久而久之，"德兴源"茶馆声名鹊起，客户满盈，逐渐成为商贾富贵之人的聚集之地，后一举成为同行业之首。其经营的烧麦，更是名声大噪，名声越大生意越大，一直传销到京、津、沪等地。

在那个年代，这里不但是商贾汇聚恰谈生意的好场所，也是有钱有势的人休闲、聊天常去享受的好去处。

宾客落座后，店小二就送上一壶热乎乎的茶，浓郁的香气，久久飘散在茶肆之间。少顷，你要的香喷喷的烧麦就端到你面前。观其形，犹如皮囊，皮薄如蝉翼，晶莹透亮。用筷子夹一只烧麦，在碟中滚点儿醋和辣椒，轻轻地吹吹热气，小咬一口，顿时清香扑鼻。连皮带馅送入口中，股股香气顺喉而下，直入脏腑，口舌生津，胃肠欢跃，香而不腻。吃得渴了，再喝一口茶水，那可真是一个美。

宾客一边喝着浓浓的砖茶水或各种小叶茶水，吃着糕点，一边就着这热气腾腾的烧麦，天南海北地聊着轶事新闻，三五人围坐在一起，有的甚至能聊一个上午。

"榜眼府"大院的老东家，好多朋友就是在这儿认识的，好多农耕、市场行情也是从这里了解的，好多生意还是在这里恰谈成功的。他晾晒生产的土盐硝，也是从这里开始，通过茶马古道的商人，销往俄罗斯、蒙古等国，才成就了他的一番事业。

今天，"榜眼府"大院的老东家来得格外早，老远就能听到他骑有那匹枣红马脖颈上挂着的铜铃声。只见他脚蹬半腰马靴，一只手提着马鞭，另一只手习惯性地捋着八字胡，眯着小眼，精气神十足……

刚要跨上茶馆的台阶，店小二就急忙迎了上去："来了您！楼上雅间，请。"弓着腰引领带路。

老东家在雅间里正要端杯喝茶，推门进来一位从打扮看貌似做牲口买卖的人，紧接着，这人就点头哈腰地向老东家献起了殷勤。在他的示意下，俩人坐下，边喝茶边神神秘秘地交谈起来。

　　店小二端着热气腾腾的烧麦，推门进来，见此情景，伸脖吐舌做了个鬼脸，立马又退了出去。

　　好大一会儿，来见老东家的那个人才"咚咚咚"地下了楼，出门一招手，急着叫了一辆黄包车往城外方向去了。

　　这位貌似做牲口买卖的人，就是给我爷爷提亲的中间人。

　　"榜眼府"大院的老东家，今儿，和他谈的正是我爷爷的婚事。

刻骨铭心的记忆

操办婚事

人们常说，癞蛤蟆想吃天鹅肉——痴心妄想。如今，"榜眼府"大院的老东家还真让这"癞蛤蟆"吃上了天鹅肉——真的让"狗也嫌臭"的人娶上了媳妇。

我爷爷的婚事全程是由"榜眼府"大院的老东家给操办的，新房安置在村东头破庙旁"榜眼府"大院老东家牛马圈看门的草坯房里。

这儿的庙原来香火很旺，村里人称之为"财神庙"，什么时候修建的无法考证了，说是庙里供奉的神仙很灵验，周村的乡亲来这里礼佛、敬香、还愿的还真不少。每逢农历初一、十五，人来得更多，袅袅青烟飘散在空中，老远就能嗅到。庙前有一口井，供着全村人吃水用。据说井里的水能治眼病，倘若谁的眼上了火、红肿了，打点儿井水洗一洗，很快就见好。

有一天，村子里的一个人大清早上水井挑水，发现井里飘着一个人，吓得丢下挑水的担子就跑，边跑边喊："井里有鬼……井里有鬼！"差点丢了魂儿。众乡亲打捞出后，发现竟然是"榜眼府"大院刚刚过门的媳妇。

这件事儿，自然引起村里人们的种种猜疑。有人说是洞房花烛夜没见"红"，也就是说，处女膜早破裂，不是黄花姑娘，才跳了井；有人说是新郎夜晚发现姑娘有生理疾病，不能生养孩子才跳的井；还有人说是姑娘被老公公看见长得太漂亮，过门后让"尝了鲜"，再没脸见人，投井自尽了……众说纷纭。

从此，这里时不时闹鬼，总是有人能在深更半夜听到一个幽灵喊冤的声音。一说起来，让人毛骨悚然，闹得全村人深夜都不敢出门，村里的小孩更不敢来这里玩耍。

庙房历经多年风吹雨淋，也未修缮过，房顶坍塌了，墙壁上画着的四大金刚裸露出来。

四大金刚古称"四大天王"，是护一方平安的四位守护神，分别代表着"风调雨顺"。

南方增长天王，身穿青色盔甲，手持剑（锋）者，是风神；

东方持国天平，身穿白色盔甲，手持琵琶者，是调神；

北方多闻天王，身穿绿色盔甲，手持伞者，是雨神；

西方广目天王，身穿红色盔甲，手持蜃者，是顺神。

四大金刚是我国农耕社会人民对丰收之年的祈盼和渴望。

可如今，无人光顾，无人问津。四大金刚横着眉、瞪着眼，成了恶鬼，见了就令人浑身起冷森森的鸡皮疙瘩，双腿打颤。

营子村对此事最淡然的人自然是"榜眼府"大院的老东家。过了很长一段时间，他便差人把井填了。奇怪的是，井越填，水流越旺，井里的水就像锅里烧开的水那样不住地往上冒，井口周围塌陷形成一大水坑，春夏秋冬，常年水流不断。

这块庙地是公产。

还是"榜眼府"大院的老东家脑筋转得快，趁机紧紧靠近破庙，把这里的地用柳条编制的篱笆圈了起来，当作自家的牲口圈，用来圈养牛、羊等牲口。牲口圈的门口临时搭建了一间看牲口用的草坯房。

我奶奶就是被直接娶到了这里——新房就安置在这看牲口圈的茅草顶的草坯房里。

就在我爷爷办婚事的那天，当地县衙还特别委派官员给"榜眼府"大院的老东家送来了"持善之家"的匾额，并宣读了贺词，嘉奖他收留沿街讨要人员的慈善之举。

周村四邻五舍的乡亲闻讯，纷纷赶来看热闹。

这天，"榜眼府"大院披红挂彩，鞭炮齐鸣。燃烧过的炮仗散落得满街都是，烟云凝聚在村庄上空，盘旋了好久才散去，硝烟味弥漫了整个村庄。"榜眼府"大院的老东家给足了唢呐锣鼓队赏银，锣鼓声喧天闹市，敲打得分外响亮，回旋音震耳欲聋，稍微靠近点儿的人都得捂着耳朵。满大街是人，人山人海，熙熙攘攘，连卖针线活儿的货郎子、卖冰糖葫芦的小商小贩也都赶来了。总之，一派喜庆、欢乐的景象，好不热闹。

"榜眼府"大院的老东家更是喜出望外，全身穿着崭新的绸缎衣裳，胸前挂着大红花，高仰着脑袋，神气十足，不住手地捋着八字胡，小眼笑得眯成了一条缝儿。

"狗嫌臭"，老爷让你回去

　　一想起这事儿，我就恨！恨可恶的太姥爷家，咋能把我奶奶嫁给一个讨吃要饭的人呢？

　　其实这婚事儿，就是"榜眼府"大院的老东家那天在"德兴源"茶馆吃烧麦时和那个貌似牲口贩子——实际上就是一贩牲口的买卖人，俩人捣的鬼！

　　起先，"榜眼府"大院的老东家许诺，他会出一头三岁的耕牛成全这桩婚事。可后来变了卦，因为他了解到，那牲口贩子急着等钱用，要是资金链断了那贩子的买卖就有倒闭的可能。

　　姜还是老的辣。

　　"榜眼府"大院的老东家抓住这一点，使劲儿地砍价，只给他一头小牛犊，还说这小牛犊是母牛，以后还能下崽，说到底是他占了便宜。小母牛犊子和一头三岁的耕牛，价格相差甚远，他权衡利弊，发现和他做买卖的其他几个买卖人合起伙来和他过不去，故意刁难他，而自己急着用钱，也只好妥协，不得不接受这桩交易。真是商场如战场，尔虞我诈，一切都为了个人的利益。

　　为这事儿，俩人在"德兴源"茶馆里讨价还价，持续了好长时间才

刻骨铭心的记忆

定下来。

自从老夫人提出给"狗嫌臭"娶媳妇的事后，"榜眼府"大院的老东家盘算了好久，托人多方打听，最后听说这个牲口贩子的手头上有一个女孩子要卖，才和他谈起了这桩婚事。

"榜眼府"大院的老东家，从"德兴源"茶馆一回到家，就打发人去找我爷爷。

正在地里干活儿的爷爷听到地头有人使劲地喊："狗嫌臭，老爷让你回去！"

他停下手中的活儿，静静地听，是在叫他。平日里，干活儿时从没唤他回去过，他顿时感到丈二和尚摸不着头脑。唤他干甚？他心里直嘀咕……

当他赶到"榜眼府"大院的厅堂时，老东家已在那里等着。他着急得也没来得及清洗一下自己，赤着两只大脚，带着满身的泥土和野草味便赶了过来。

刚踏进厅堂的门，支支吾吾，费了好大劲儿挤出一句话："老……爷，你找我？"

老东家没吭声。

他像一块榆木疙瘩，木木呆呆地站在那里，尽管克制着自己，还是觉得浑身不自在，两只脚的大拇指不停地扭动，心里乱得很。

目睹眼前的一切，再熟悉不过，他每天进进出出，不知打扫过多少遍了。客厅中堂挂着一幅富贵牡丹图，图两边挂着楹联："善为宝贝终生用，心作良田百事耕。"横批是"儒雅之家"。尽管不识字，也不知道写的什么意思，但字的模样他是再熟悉不过了。中堂两边摆放着一对花瓶，花瓶上一对喜狮咧着嘴在笑。一对华丽的灯笼高高悬挂着。此时此刻，这一切，他反而感到非常陌生。

中堂下供桌前的八仙桌两旁的太师椅子上，左边坐着老东家，右边坐着老夫人。老东家慢条斯理地"呼噜、呼噜"不住嘴地抽着水烟，烟雾吐得很远。老夫人目不转睛地看着他。

惊慌失措的他不知如何是好。

等了半天也不见老东家开口说话。

"榜眼府"大院的老东家坐在太师椅子上，仍然摆弄着水烟袋，抽着烟。

这一举动，让他更紧张了。

感觉过了好长时间，老东家才放下水烟袋，慢慢地端起茶碗喝了一口茶，低着头，捋了捋八字胡，眯着眼说了话："'狗嫌臭'，给你娶一个媳妇，你看咋样？"

他猛地抬起头，"啊——"了一声。

此刻，他的心情是复杂的，五味俱全，多种滋味交织在一起，一时不知说什么好。

紧张，惊慌，羞涩，反而谈不上高兴。

他和老东家对视了一下眼神，又很快地扭过头看着别处。

"啊什么？你还不快点感谢老爷！"在一旁坐着的老夫人提醒道。

"噢……噢！"

"噢什么？下去吧，就这事儿！"老东家摆了摆手，不高兴地说道。

"那，我下去了。"

话音还没落，我爷爷便急忙回头，拔起腿直往门外走。

一出门，看到房外听音的伙计们都围着看热闹。他跑着回到自己住

刻骨铭心的记忆

的草房里。

伙计们开始纷纷议论了：有的说，老东家真是个大好人，能为"狗嫌臭"这讨吃鬼娶媳妇，难得；有的说，还不知道这老东西安的什么心，走着瞧吧……

逼　婚

就在那一天，牲口贩子着急地从"德兴源"茶馆出来，叫了辆黄包车就是干这事儿去了。

当初，我奶奶的母亲病重，危在旦夕，没钱看病，无奈之下，经人介绍，太姥爷认识了牲口贩子。为了看病，太姥爷借了高利贷——这牲口贩子，私下还放高利——现已到了期限，还不上，牲口贩子就威逼太姥爷用女儿还贷。

太姥爷这才惹火烧身，奶奶才遭此厄运。

牲口贩子见这事儿有利可图，三番五次地上门威逼，还带着打手上门恐吓。

也就在那一天，那牲口贩子又去了奶奶家，还带了几个打手上门威逼，恶狠狠地一口咬定要太姥爷用女儿还贷……

在这种情况下，实在没有别的法子了。太姥爷满含着泪水，看了一眼已经哭成泪人的女儿，扭过脸，低着头，声音沉重地说："那——就这样吧！"

躺在炕上的太姥姥拖着虚弱的身体，翻身爬起来，举起一只手喊着：“不要！——不要！——”

牲口贩子和几个打手气愤地甩袖走出了家门，嘴里还不停地骂着什么。

还没等牲口贩子那伙人走出院子，奶奶一家三口抱在一起就开始放声痛哭。

这门婚事，我奶奶顶了高利贷，"榜眼府"大院的老东家出了一头小牛犊，表面上是用牛换娶，内里，在交易过程中又有多少诡异，无人知晓。反正是，我奶奶被廉价出卖了。

当了解到我奶奶被出卖的真实原因后，我的心里就不恨太姥爷了。又一想，自古我国女人是男人的附属品，在那个残酷的年代，女人时常被用来做交易，我奶奶又何尝不是呢！

再说，一个弱女子又怎能摆脱那封建社会残酷的桎梏！

我奶奶那时的心态，一定不会太好！

心——苦！

心——痛得很！

然而，那时婚姻大事由父母做主，天经地义。在封建传统教育下的女子，嫁鸡随鸡，嫁狗随狗。她只能死心塌地，听天由命，开始新的生活。

靠什么生活？俩人都在"榜眼府"大院干活，成了会说话的奴隶。

我想象着那一天，那似乎是一个很遥远的日子。

一个年轻的媳妇，出现在营子村，出现在"榜眼府"大院老东家的田地里，在金黄色的谷子田地里弯腰收割。当她直起腰来擦汗的时候，地头对面的男男女女全都扭过脸来盯着她的身影窃窃私语……

人们都在议论她那双不同寻常的大脚板——那时候，还是小脚唯美的年代。

有的望着她哗笑!

瞧——啊!

新媳妇下地劳动了。

奶奶身穿破旧的用蓝士林土布做的白花点短褂和打补丁的黑裤子,虽然按照当时的风俗习惯,把浓密的黑发在脑后绾起了发髻,但那稚嫩、润泽的脸庞和清澈的眼睛,使她看起来仍然像一个玩心未泯的孩子。

奶奶与爷爷,也会经常双双对对地出现在硝池、田间、地头上。

就这样,他们在这个地方生活着,逐渐有了属于自己的房屋。之后,种上树、打了井,搭起了鸡舍、猪棚。再后来,有了儿女呼唤的声音……炊烟,一天比一天浓,持续的时间一天比一天长……

没几个年头,爷爷头发变得花白、稀少,手如钢叉,腰佝偻得再也直不起来。奶奶满脸皱纹,一个玩心未泯的女儿身,变成了一个小小老太婆,只有那双大脚结实如初,路走得还挺快。

这个地方,本来与我没什么关系,由于奶奶的到来,这里就成了我的老家。这很自然,也很奇怪,在我成长的过程中,他们和我联系在一起,也就成了我的先人。

我一直在思考一个问题:如果我奶奶不嫁给我爷爷,那可能是另外一个样子——营子村就与我不相干,我根本不会知道这世界上有这么一个村子,这个小村子也不知道有我这样一个人,我也不会关心这里的事。

斩草除根，以绝后患

后来，我时常听奶奶聊起那些年发生的事儿。

那时候已是民国时期了，世道很乱，土匪横行。有一桩事，她说一直记得清清楚楚，到死也不会忘记。

一天晚上，天气特别阴冷，夜深人静，村子里没一点儿灯光，黑云厚得遮住了月亮，看不见一颗星星，四周阴沉沉的。

大约在午夜时分，"嗒、嗒、嗒"，疾速的马蹄声进入营子村。

不一会儿，就听到"榜眼府"大院里传来"咚咚咚"的敲门声。

院子里的大黄狗"嗷！嗷！"发疯一样地叫着。

顷刻间，狗叫声连成一片，寂静的村子像开了锅的水一样沸腾起来。狗的叫声分外吓人，连村里熟睡的孩子也被吓醒了。大人们急忙安抚着小孩说："悄悄睡，土匪来了。"吓得谁也不敢出声。

大门"吱呀"一声，被拉开了条小缝，三个彪形大汉气势汹汹地强行闯进了"榜眼府"大院。

门房的人正要问话，走在前面的彪形大汉迎面给了他一巴掌，打得他仰面朝天地倒在了地上。在微弱灯光的映照下，惊慌失措的看门人看到三个彪形大汉手里全提着乌黑明亮的大号驳壳枪，十分瘆人，他立刻吓得不敢吱声了。

只见两个彪形大汉守卫在门外，另一个人直奔老东家屋内。

屋里说话的声音一会儿高，一会儿低，断断续续的。在灯光的照射下，屋里的身影不停地晃动着。

只听见，"榜眼府"大院的老东家，拉长了声调说："你——要钱没有，要命有一条！……我——'宁挡城门，不挡水道！'……你——想到哪儿告，就到哪儿告去！……"

"那——你等着！"

屋内的彪形大汉，摔着门出来了，对门外的俩人气急败坏地说："咱们走！"

马蹄声，由近及远，"嗒、嗒、嗒"消失在静静的夜空里……

三个彪形大汉走后，营子村又恢复了往日的平静。

"榜眼府"大院的老东家躺在屋子里久久不能入睡。屋子里很安静，只听到大红柜上的座钟"嗒、嗒、嗒"不停地响。随后，他起身坐在油灯旁，拿起水烟袋，抽起烟来。

突然，"嗷儿——嗷儿——"几声猫头鹰叫，吓得他全身一阵哆嗦，出了一身冷汗。

他急忙走到菩萨像前，点了三炷香，双手合一，跪拜起菩萨来——拜佛许愿，给自己壮胆。然后，上炕躺下，再也没了睡意。脑子里，过去一幕一幕的事儿，就在眼前。

那已经是好几年前的事了。

那年是暖冬，但那一天晚上，黑云压顶，飘着雪花，特别寒冷。

他的两个兄弟急忙来到他房间，还没等屁股坐稳，老三就说："哥，

刻骨铭心的记忆

咱们家窝藏了土匪，你知道不？就是那长工张继成。这事儿……要是让人家知道，查出来了，可要连累咱们全家啊！你看咋办呀？"

当时，国民党政府实行的是从宋代沿袭下的保甲制度。保甲编组以户为单位，设户长；十户为一甲，设甲长；十甲为一保，设保长。

保甲制度实质是国民党政府通过联保连坐法将全国变成大牢笼。联保就是各户之间联合作保，共具保结，互相担保，不做通"匪"之事。连坐就是一家有"罪"，九家举发，若不举发，十家连坐。

"榜眼府"大院的老东家很清楚，他家要是有土匪的话，就会连累到全家，都得坐牢。他眯着眼睛，习惯性地捋着八字胡，好半会儿没说话。

其实，这事儿他早知道。他私下秘密地和官府里的熟人接触过，也使过不少银子，想着把这事儿躲过去。可官府里的人只答应着："压压这事儿可以，一旦要有人告发，不好办！"并多次提醒他，"自己拉的屎，最好自己铲。"

老东家左思右顾的，只是因为没想出一个好法子，万般无奈之下，就先把这事儿撂下了。

两兄弟的眼睛直直地看着他们的大哥。老二有些沉不住气，急忙说："干脆把他做掉算了，斩草除根！"

兄弟三人就这样，争论了一个晚上，最后决定，还是要"斩草除根，以绝后患"！

财主女儿与长工的恋情

奶奶说，"榜眼府"大院三兄弟所说的土匪张继成，老东家实际上曾经差人多方打探过他的底细：是一个地地道道的庄稼汉子，为人憨厚老实，家住城西的太平庄村，离营子村有八十多里。

兄弟俩离开后，天快亮了。

这时候，"榜眼府"大院的老东家才躺下，却翻来覆去地睡不着，又仔细地回想起这事儿来。

张继成的媳妇生孩子时因难产过世，剩下他和儿子相依为命。他又当爹又当娘，吃苦受累，唯一的希望就是抚养儿子长大成人，将来孩子能有一个自己的家。

张继成的儿子长栓，身体结实，浓眉大眼，白白净净。从小的时候，打能干活儿起，就和父亲张继成在本村的财主家当长工。

长栓刚去财主家干活儿的那一段时间，每天回家不说话，总是闷闷不乐的，上炕就睡觉，仿佛有睡不完、睡不醒的觉。

有一天晚上，长栓回到家，蹲在地上就开始呜呜地哭。

父亲问："长栓，咋了？"

长栓一听，哭得更厉害了，一把鼻涕一把泪的，委屈地说："爸，

刻骨铭心的记忆

你别让我和你去他们家干活了……我想去别的地方。放牛、放猪都行，我长大了！成不？"

说着说着，长栓又继续放开声哭起来，还全身抽搐。

看到儿子哭得跟泪人一样，父亲张继成看在眼里、疼在心里，手捂着心口，揪心地问道："到底咋了？"。

长栓猛地站了起来，歪着头，气愤地说："他们拿咱不当人！"

说到这儿，张继成深有体会。自从长栓踏入财主家的院门，呼喊"长栓"的声音就没断过。东家也喊，管家也喊，东家的女儿更是没完没了地喊，大家都想使唤他，不是让跑腿就是让干活。这里的杂活儿、脏活儿、苦力活儿，都指使他去做。

不仅如此，谁也拿他出气，向他发火，他成了所有人的出气筒。想想大人遇到这种情况都烦，何况一个十来岁的孩子？

张继成想到这儿，看着孩子，深深地吸了一口气，声音很沉重地说："儿啊，这就是命！咱吃人家的饭，就得听人家使唤；端人家东家的碗，就要对得起人家！啥时候，干活儿都是给自己干了。以后，你会慢慢明白的！"

长栓听了父亲的话，虽然对人世间的事情还是不太清楚，也不是很懂，但他相信父亲说的话，总会没错，便一直忍受着。

只要财主家里人吩咐的活儿，拿轻扛重的营生，他都卖力去做。由于年纪小，力气不全，劳累过度，还得了一场病。咳嗽，气短，喘不过气来，差点儿丢了性命。受苦人没钱看病，只能讨要偏方治病，要不就只能拿命扛着。

张继成多方求助，托人四处打听，功夫不负有心人，终于讨到个偏方。人家告诉他，每天让儿子早晨起床后，喝一酒盅自己的童子尿，连喝三个月便可以治愈。最后，长栓真就连着喝了仨月自己的尿，病情有所好转，命算是保住了。

财主家有个女儿，叫兰芝，和长栓年龄相仿，长得挺秀气，自小娇生惯养，身体瘦小，因此父母不愿让她出门。自从长栓来了财主家，呼喊长栓当差办事次数最多的人就是她。

她那财主父亲给她找了几个小女孩服侍，她都不满意，硬是找种种借口，喊着、嚷着，要求父母允许长栓陪她。兰芝是财主家唯一的女儿，是父母的心肝宝贝，父母亲都宠着她。在他们的头脑中，雇来的小长工，只要兰芝愿意，让谁伺候都一样，无所谓。毕竟身边有一个人照顾，总不会有错。

长栓几乎成了她兰芝的贴身"丫鬟"：陪兰芝小姐敬香、上街采买、放风筝、玩耍……小姐写字他给磨墨，小姐看书他在一旁伺候。有时候，小姐还叽叽咕咕地一个字、一个字地教他认字，手把手地教他写字。

就这样，几年过去了，俩人一来二往、出出进进的，要是不知道的人，还以为他们是姐弟俩，成天黏黏糊糊、说说笑笑的。有时候，两人能在屋子里絮絮叨叨大半天，吃饭时还得差人呼喊才会出来。

张继成也感觉儿子回家后和以前不太一样了，有了笑脸，便经常叮嘱他："咱要做事，要对得起东家。"

长栓不耐烦地说："知道了，知道了，每天都是这些话！"

还没听父亲把话说完，长栓就走开了。

张继成弓着腰，抬起头，看着儿子的背影，嘀咕道："长大了，不听话了。唉！已经是十四五岁的人了，也该……"

盛夏的一个晚上。

长栓替父亲在马厩给财主家喂牲口。父亲已经病了好几天，所以晚上一直由长栓替他顶着工。

马厩和财主家在一个大院，中间只隔着一堵墙，从院墙的门可以穿行。

那一天，天气闷热，热得使人喘不过气来。已近午夜，月亮还在高空悬挂着。

马——不吃夜草不肥。

长栓穿着短裤，裸着上身，露出丰满的肌肉和壮实的身躯。在月光的照映下，他正光着汗津津的脊背，汗流满面地端着草筛，在给喂牲口的槽中添加草料。

猛然间，有人将他拦腰紧紧抱住，吓得他将手中的草筛掉到地下，草料散落了一地。连吃草料的骡子、马等大大小小的牲口都抬起头看着他。

长栓回头一看，是兰芝小姐。

今天晚上，兰芝小姐穿着超短的纱裙，裸露着四肢，满身香气，打扮得分外漂亮。

长栓神色惊恐，慌了，急忙说："小姐……不要……不要……使不得——"一边说，一边想着脱身。

兰芝毫不松手，使足了劲紧紧地抱着长栓，手劲很大，脸蛋紧贴着他的脊背，说道："我就要……我就要你。你总比我爹说的那槽老头儿强！"边说着，边往旁边的草房拽他。

到了草房，长栓挣脱了她的手，想要走。兰芝却威胁他要喊人，吓得长栓也不敢动身。兰芝就这样一直抓着他，不放手。

这时候，长栓欲罢不能，欲走不成，一时间不知所措。

兰芝趁机拉开长栓的短裤，握着他的下体，顺手放入自己的身体中，发疯似的搂抱着长栓抽搐、狂吻起来，嘴里还娇声说着："就要你……就要你！"

看来，是有备而来。

可是，长栓此时此刻，万万没想到兰芝小姐会来这儿找他；没想到一个如花似玉的小姐会喜欢上自己；更是没想到会做出这样的事儿，能对得起谁，往后怎么有脸见人！

可是，在这种情况下，长栓只得听命——由她了。

时间过得很快，眼看着要天亮了。

尽管长栓不断地满足了兰芝小姐的要求，可她还是不肯走。在他的再三督促下，她这才不情不愿地离开草房。

兰芝小姐好不容易走了。担惊受怕的长栓看着她远去的身影，总算松了一口气。

兰芝刚进闺房准备入睡，就听到管家在外面召集人，说是要到马厩抓人。正如常人说的那样：若要人不知，除非己莫为。

她立马拿起钥匙，绕着道，走背阴，躲着人，悄悄地朝马厩跑去。跑得头发纷乱，满身是汗。刚到马厩边，就气喘吁吁地压低嗓门喊："长栓——快——跑！他们——来——抓——你了！"

长栓懵了，傻乎乎地站在那里。

兰芝跑过去，拉着长栓的手就往外跑，一直奔向后院的小门，打开锁，放跑了长栓。

刻骨铭心的记忆

带着漂亮媳妇的青山寨寨主

奶奶说，长栓跑得不见了踪影。

财主家封闭了马厩的事儿。之后，兰芝小姐如期嫁给了和她父亲年龄相仿的市警察局局长。

张继成感到自己再也不能在财主家做工了，于是外出打短工，一边打工，一边打听儿子的下落。

就这样过了五六年，一直没音信，他觉得儿子是找不到了。没了儿子，他就像丢了魂儿一样，没了希望，久病在家，苟且偷生。

大年三十，家家户户都是灯火通明、鞭炮雷鸣，人们都在红红火火、团团圆圆过大年，他却一个人卧在炕上，连口热饭也没吃上。

"咚咚……咚咚！"听见有人敲门。

"谁呀？"他提高了嗓门问。

外面的人不说话，"咚咚……咚咚！"还在敲。声音比刚才的还大。

"见鬼了！"张继成拖着病弱的身体下地去开门。

拉开门闩，打开了家门，一股风卷着雪刮进来，差点把他刮倒。一个像狗熊一样壮实、通身上下白白的雪人站在门口，问道："你，就是张大叔吧？"

"你是谁？"张继成疑惑地点着头问道。

"我是长栓。"说着就往屋里走，放下肩上褡裢里的东西。

"你说谁——？"

……

那人又说了几句话，然后匆匆忙忙地走了。

"儿子没有死，还活着……活着！"张继成看着儿子托人送来的东西，内心激动地呼喊着。

那天晚上，他一直坐在炕上，眼睛直勾勾地看着儿子托人送来的东西，没睡觉，又是惊来又是喜。

喜的是，儿子长栓还活着；惊的是，儿子做的，竟是杀头的事儿。

"不行，我得把他叫回来！咱们不能干那事儿，不能对不起老祖宗。"

好长一段时间里，张继成就思索着这一桩子事儿了。

最后，他拿定主意，决定上山找回那不争气的儿子。

长栓走了以后，财主家倚仗女婿是警察局局长的势力，始终没放弃捉拿他。还给他冠以"土匪"的罪名，在农乡、镇里到处张贴着捉拿他的布告。

长栓东躲西藏了半年多，没着没落。他衣服破烂，满身污垢，成了讨吃要饭的叫花子。后来，他跑到大青山中的寺院里。寺里的禅师慈悲心肠，看他可怜，收留了他。长栓在寺院里帮忙做些杂活儿，打扫院子，每天有斋饭充饥。

这里，每逢初一、十五，来敬香的人会多一些，满寺院飘着香味。这两天刚好是月中，即半月日。在佛门看来，半月是诵戒布萨最殊胜的

日子。在这两天前，往寺院上香礼佛等善行是平常功德的千百倍。因为平常日子里很少有人，所以不易被人发现，现在人多眼杂，他便隐藏下来。

按常理说，有了安身之处，心也应该安定下来。但长栓反倒感觉心神不定，他更加思念父亲，脑子想的全是报仇。禅师看在眼里，每天带着他，打坐念佛，修身养性，事后还叮嘱他好好念佛。

当长栓得知每年来寺院敬香最多、施舍很多的父女，就是人们常说的后山"劫富济贫"的山寨主和他的女儿时，他毅然决定，进山投奔山寨主。

青山中的山寨主大当家的复姓宇文，名慧，叫宇文慧，曾是大青山下百里之外一个村庄私塾房的教书先生。他有一个美满的家庭，讨了一房漂亮、贤惠的媳妇，有一个美丽的女儿，起名满枝，意思是全家幸福、美满。

宇文慧之前是村子里地主老财聘请教儿子的私塾先生，待遇和薪水十分优厚，对他也十分热情和尊敬。可使他万万没想到的是，地主老财对他好，不是图他的知识才华、教育儿子，贪图的竟是他那漂亮的妻子。

地主老财经常面带笑容地带着礼物到他家看望，每次到他家的时候，眼睛直勾勾地在他妻子的身上游移。宇文慧妻子感觉很不自在，私下对他说，见到那地主老财身上就起鸡皮疙瘩，有些害怕。一身书生气、满嘴伦理道德的宇文慧，也没往别处想，责备了妻子，还得意地说："你长得漂亮才有人看呢。"

正月里，地主老财为表示感谢之意，请宇文慧带着妻子到家里吃饭。妻子不愿意去，宇文慧说这是人之常情，不去不好，硬是让妻子把女儿寄托在邻居家，夫唱妇随，如期赴约。

热乎乎的屋子里，在热气腾腾的饭菜、热烈的语言、热情的款待之下，没几杯酒下肚，宇文慧先生自己先醉倒，被人抬回了家。

宇文慧的妻子被地主老财趁机强暴。她羞辱难忍，当晚自缢身亡。

宇文慧先生得知后，气愤至极，寻找机会杀死了地主老财，还烧了他庭院的房子。之后就带着女儿，跑到青山寨，打起了"劫富济穷"的大旗，自己当上了山寨主。

长栓投奔宇文慧时，青山寨已经发展成为五六十人的寨子，成了官府的一大心患！

山寨主大当家的是一个明白人，每次"打家劫舍"得手回来，必做两件事儿，这也成了寨子里的规矩：一是乔装打扮，带着他的女儿来寺院敬香施舍，请求佛主宽恕原谅；二是委派专人到官府和警察局打点送银子。因此，尽管当地政府多次组织队伍上山围剿，他和寨子里的人每次都能逃之夭夭，究其因，官匪成了一家人。

他的队伍越来越大。

长栓凭借兰芝小姐教他识字、学习的功底，没过多久，在寨子里倒成了被人敬重的文化人。寨主对他很是赏识，寨主的女儿看他年轻、有文化，长得又俊，也喜欢上了他。

山寨开香堂，举行结拜仪式，滴血为盟。从此，大家成了山寨中"有福同享，有难同当"的生死弟兄，

日后，寨主委派长栓带人下山"打家劫舍"了几次，他点儿踩得准，每回都能得手凯旋，活儿干得干净利落，无人可比。

几年来，长栓被多次委以重任，下山打劫或办事，每次也都干得很漂亮。寨子里的人都为他叫好。

刻骨铭心的记忆

长栓深得寨主的器重。

经过几年的观察，寨主答应了女儿的请求，把他唯一的女儿许配给了长栓。

岁月如梭，寨主因自己久病缠身，在山寨众弟兄的呵护下，长栓一步登天，成了寨子里的当家人。

尽管告诉过他上山的路径和联络方法，张继成还是费了很多周折才到山寨找到儿子。这时，长栓已经是统领山寨一百多人、号称"青山独立大队"的大当家的。

长栓刚跨进屋门就兴奋地说："爸！你咋来了？"

张继成看着儿子，没说话。眼前的儿子简直让他不敢相认，这就是儿子——长栓？自己心里还在问！

身穿虎皮领子的缎子棉衣，脚蹬一双西洋式高筒马靴，头戴一顶尖顶貂皮帽子，脸庞黑黑的，戴一副太阳眼镜，手上戴着成色上好的金戒指，腰里还系一根宽皮带，插着两把明晃晃的手枪。

面对身体裹着烂皮衣，戴着烂皮帽，身体又黑又瘦，虚弱无力的父亲，长栓急忙摘下帽子和眼镜，"扑通"一声跪在地，说道："爸，都是我不好，让您受苦了！"

"起——来吧！"

常年在外，总给有钱人家打工的张继成，看到儿子这身打扮，心里就清楚：这不争气的儿子，这几年没干多少好事。

也正是这样，像他这样出身寒微，穿上这样的衣服，非但不显得华丽，反而有些不伦不类。

张继成看着儿子，正要说什么，门被推开了。

一个秀丽、端庄的姑娘走进来。只见她戴着虎皮帽，穿着一身红底小白花、锦缎带毛边的衣服，手里端着饭菜——有酒、有肉、有菜，还热呼呼地冒着气。

"快吃饭吧！"姑娘将饭菜放在炕上的饭桌上，一边摆着筷子和酒盅，一边说道。

"爸，这就是你的儿媳满枝！"

张继成看看姑娘，又看看儿子长栓，还没来得及说话，长栓抢先说："快，快叫！"

"爸！"姑娘叫着，含羞地低下了头。

斟满酒，三个人正要举杯吃饭，屋门"当啷！"一声被推开了。

背着长枪的小伙子着急忙慌地闯了进来，对着长栓的耳朵根嘀嘀咕咕一番……

长栓听完，急忙站起来对父亲说："爸，您先吃着，不要等我，我出去办点儿事，一会儿就回来！"同时给媳妇满枝使了个眼色，她也跟着出了门。

张继成吃完饭，久等不见他俩回来，自己先睡了。外面寒气逼人，屋子里却是热乎乎的。他这几年从来没睡过这么好的觉，也从来没睡得这样香过——守着儿子的感觉真好！

可是，儿子从这儿走了以后，几天没回来过。询问后才知道，长栓那天有急事，下山了。服侍他的人点头哈腰地说："大当家的本想让他媳妇儿满枝尽心照顾，因其父亲病重不能起床，才让我好好地伺候您。"

过了五六天，一大早，长栓手里提着佛珠推门进了屋，问道："爸，您住得还习惯吧？我这几天下山是去参加一个庙会敬香礼佛了。"

长栓撒了谎，隐瞒了事实。

那天吃饭时，来的人对着他耳根嘀咕的事儿，实际上是他们绑票

的财主在严刑拷打下交代了藏宝的地点。长栓恐有变故，生怕财宝被转移，便急着带人下山拿钱财去了，然后又按照习惯去了寺院敬香礼佛，上了布施，请求佛主宽恕。

张继成却说："你信佛就应该知道，佛主慈悲为怀，你就不要再干那些伤天害理的事情了。咱们下山回家去吧！"

"回——家？回去干啥！爸，您看我现在穿戴的是什么？"说完，低着头抖擞起来，边说边撩起衣服，让他父亲瞧。

张继成没拿正眼看他。

"爸——现在儿子是这里的大当家的。您听儿子的话，就留在这儿享清福吧！"

"你还娶了土匪……"咳嗽了一会儿，"当媳妇，将来怎么去见老祖宗？"又咳嗽起来……

"佛主还说'去恶从善'。我是'劫富济穷'，是绿林好汉干的事儿！"

张继成说一句，儿子顶一句。

张继成气得满含着眼泪，咳嗽着蹲在了地上。

长栓倒来了劲，继续说："爸！这事是被逼的，您不知道他们追杀我那时候的情形。"

"冤家！我怎么养了你这样的儿子！"

长栓把父亲扶起来，又说："要回，您回去吧，我是不回去！我要活出一个人样来，让他们看看！"

听儿子这么说，张继成知道他是铁了心，要在这里当他的"绿林好汉"，不会回头了。

第二天，不管谁劝说，张继成还是下山去了。他在山上前后待了不到十天的时间。

老实憨厚的张继成，受多年至善道德传统教育的熏陶，只知道让儿子不要做伤天害理的事情，要对得起老祖宗，他哪里想到儿子下山，官府照样要追杀；更没想到，他这一上山，也落下个土匪的名，惹下了大祸！

回家后，张继成久病不起，一直到了春天，才见好转。

当时，营子村正是制作硝盐的季节，"榜眼府"大院的老东家张榜，广招劳力，张继成便来这里打了短工。后来，老东家看他干活实在，工钱又要得少，留他当了长工。

世上没有不透风的墙。

一向谨慎的张继成，由于思念儿子心切，有一次，喝了些酒，夜晚梦里说梦话，将此事儿，漏了个底。

张继成就这样惹出了杀身大祸。

没过多久，"榜眼府"大院的老东家的弟兄便设下圈套，摆下"龙门阵"灌醉了张继成，然后由花重金雇来的人深夜把他运往村外给活埋了……

"榜眼府"大院的老东家，一幕幕地回想到这儿——

突然坐了起来，自言自语，气愤地说："不是做得很干净吗？怎么能传出去呢？唉！弟兄俩什么事儿也干不好！"然后，又睡了下来。

"树大出枯枝，家大出乞丐。"

其实这事儿，还是他们家里人一点儿一点儿地泄漏传出来的，毕竟好事不出名，坏事传千里。

老东家拍着自己的脑门："唉！——"又长叹了一口气。

翻了个身，闭上了眼睛又寻思着：看今天的架势，要真把咱，告下，可咋办呢？

刻骨铭心的记忆

这家伙！

怎么能想到——他的儿子，如今能是土匪的头儿？谁能想到会有这般光景、这番天地？遇到这样的对头，那还能有好果子吃？

想到这儿，他习惯性地捋了捋八字胡，脸上露出了得意的笑容。

这事儿，还真是要找个人，挡一挡——

奶奶说，他就这样，打起了我爷爷的主意。

老东家翻身起了床，眯着小眼看看窗外，这时候，他发现，天要亮了。

空气潮湿湿的，感到出气舒畅了些。

伪甲长

窗户外，雪静静地飘着，很大，像白菊花一样的雪片，一直下了一整夜……

奶奶说，到了早上，雪厚得漫过了脚面，还不想停，天气仍然阴沉沉的。

爷爷踏着雪，进了"榜眼府"大院，到了老东家的屋子。他低声下气地问："东家，您找我？"

"榜眼府"大院的老东家一反常态，从太师椅上欠起身，伸手指着旁边的椅子说："'狗嫌臭'，来，来，快坐下。"脸上堆满了笑容。

他的这一举动，使我爷爷一时不知干什么好，很不自在。我爷爷急忙回答："就站着吧，鞋上都是雪，脏……"

"找你，有点儿事儿商量。"老东家皮笑肉不笑地说道。

"您，永远是我的东家，有用得着我的地方，您说，我去办就是了。"爷爷说。

"从你到我家，已经有十几年了吧？你成家到现在，有了房子，有儿又有女，小日子过得不错吧？"

"不错。东家，您是我们全家的——恩人！"

"要不我说，咱们都是自家人了。我上了年纪，村里的事儿也跑不动了。村子里甲长的事，想让你帮我干。可以说，我是看着你长大的，你办事儿，我也放心！"

老东家一边点烟，一边撩起小眼睛观察着爷爷。

"不，不！老东家，使不得！"爷爷惊慌失措地说。

"你先干着，有啥事咱们回来商量。"

"那，我想一想！"爷爷苦笑着回应道。

"不用想了，就这么定了吧。我今儿就到上面说去。"老东家一边说，一边恶狠狠地用烟袋锅磕着烟灰缸，恢复了他本来的面目。

就这样，我爷爷被逼无奈地当了甲长。

那时候，反动的国民政府制定的保甲制度，甲长受保长的监督指挥，负责维护甲内的治安秩序。

爷爷心里知道，"榜眼府"大院的老东家，不可能让"狗也嫌臭"的他遇到事做什么主。明摆着：事儿办好了，得的荣誉全都是老东家的；事儿没办好，责任全得由他自己负责。实际上他就是一个跑腿的人，什么事也做不了主，也不可能让他做主。

但他哪里知道，"榜眼府"大院的老东家心里想的真正目的，远非如此！

忠义堂

奶奶后来听说，在"榜眼府"大院和老东家交谈、讨还血债的彪形大汉，正是官府多次追捕的山寨"青山独立大队"二当家的。

这二当家的出身农民，为了本村的弟兄抱打不平惹下了官司才投奔到山寨的。他为人耿直，为弟兄两肋插刀，敢于舍命相助，很有情义，所以被大家推举为二当家的。

二当家的从"榜眼府"大院碰壁回来后，恼羞成怒，气儿不打一处来，便请求大当家的允许他拉着队伍下山，踏平营子村，血洗"榜眼府"大院，为其父亲报仇。

身为大当家的长栓，早已愤愤不平，一想起父亲，内心就感到纠结、愧疚。他早就想亲自动手杀了那老东西，以解心头之恨。要不是岳父和妻子满枝拦着，他早已下山，办成了此事。

因此，听完此事后，长栓考虑再三，决定当天晚上在"忠义堂"召集青山寨的大小头目商讨对策。

"忠义堂"建在山寨自然形成的山洞中，山洞形似葫芦，口子小，内里大。大堂高空悬挂着六盏油灯，冒着黑烟，将洞里照得通亮。洞内有一口小天井，可通风，洞内冬暖夏凉。

大堂正面挂着一面"义"字大旗；旗下的台阶上放着一把太师椅，上面铺着豹皮坐垫；台下两边各摆放着五把简陋的木制椅子。

得知此事后，到会的大小头目还没等屁股坐稳，就七嘴八舌地嚷嚷起来了，大家各抒己见，洞里乌烟瘴气。

大当家的皱起眉头，看着二当家的。

这时，二当家的站起来，走到堂中央。此人身体壮实，浓眉大眼，留着满脸胡须，头发长得用带子扎着，说起话来，声似洪钟。他粗声粗气地问道："大当家的是不是咱弟兄？"

"是啊！"众人看着他说。

"那，兄弟的仇，是不就是咱们的仇？"

众人哈哈大笑："是——啊！"

"那，杀人偿命，天经地义！今晚，哪位弟兄愿意跟我下山去，血洗'榜眼府'大院，杀了那老东西，为兄弟报仇！为大当家的报仇！

"好——！"众人都举起手，喊着呼应。

"嘣！嘣！嘣！"不知谁，向天开了三枪，说道："不！那样太便宜了他。拉回来，点了天灯！"

众弟兄一起涌向洞口，准备下山。

只听得一声："慢——着！"

顺着声音看，老当家的在女儿的搀扶下挡住了众人的去路。

长栓的媳妇满枝清楚，长栓在"忠义堂"议事就是想派人下山为其父报仇。知道劝说不住他，于是把久病的父亲搀扶了过来。

长栓看见老当家的来了，急忙前去迎接，扶持着坐在太师椅上，自己站在一旁。

老当家的慢慢地坐在太师椅子上，环视着大家，说："弟兄们有情有义，想着为长栓——你们的大当家报仇，是好事，也是长栓的福分。

我也觉得，此仇——必报！"声调拉得很长、很高，"可是，我们也要想一想。杀他一个人容易，灭了他就像灭了一条臭虫。但后患无穷，必然会引起事端，招来官府的围剿、追杀，那我们就使我们不得安宁了。眼下就要进入冬季，我们行动不便，藏身困难，这就会招来不必要的麻烦，那样或许有人又要丢了性命。这不就等于引狼入室、引火烧身吗？"

说到这儿，老当家的环视了下台下的众弟兄，扶着太师椅提了提神，接着说："让二当家的下山，找那老东西讨债，是我说服长栓后打发去的。考虑到我们山寨的安全，本想给他一次机会，给我们一些补偿，留他一条性命。没想到这老东西不讲情面，该杀！但现在不杀他，不等于以后不杀他。不是有那么一句话叫'君子报仇，十年不晚'吗？为了保全寨子，保全我们的队伍，依我看，可以暂时留下他的狗命。我琢磨着，大家可以商量商量，不如先礼后兵，多使些银钱，想办法到官府状告他草菅人命，让官府的人抓去杀了那老东西！你们看成不？"

老当家的一席话，使大家忽然开了窍。众弟兄相互看看，无话可言。

长栓站在一旁，说："还是老当家的考虑得周全。高——明！"

众弟兄都迎合着，笑着竖起大拇指："实在是高！"

刻骨铭心的记忆

宁堵城门，不堵水道

奶奶说，就这样官府警局接收了青山寨"独立大队"派"线人"送去的银钱，接收了状子，并答应查办此事。

紧接着，警察就把"榜眼府"大院老东家弟兄三人押上了警车。

没过几天，当甲长的爷爷也被抓了进去。

警察不分青红皂白，一进门就给爷爷戴上了手铐和脚镣，举起枪托就砸。爷爷当场被打得口吐鲜血，遍体鳞伤。之后，警察拖着他就往院外走。

血，掉到雪地上，很快将雪染成一片片红色……随着远去的警车，滴滴答答，流个不停……

奶奶跑出院外，望着远去的警车，瘫倒在了地上。她仰着头，紧紧地咬着自己的嘴唇，用手抓着自己的胸膛，发疯似的喊道："冤啊——！"

她的心，像被刀锋利剑割一样痛，像一团火在胸口燃烧着！

要知道，那时候是民国时期，黑暗的旧社会。奶奶是叫天天不应，喊地地不灵！

此时，奶奶感到天是黑洞洞的，地是混混浊浊的。

奶奶的眼泪像断了线的珍珠滚落着。她恨，天王老爷为什么不来收拾这些畜生？

一家人，就这样依偎在又冷又阴的草坯房内，眼泪汪汪地哭了成一片，真的感到天塌了下来。

邻居老太太看到这悲惨的样子，掉着眼泪，深深地叹了一口气说道："唉！他们以后可咋活呀！"

第二天一大早，奶奶便把孩子托付给邻居，去牢房探视爷爷。

可她哪里知道，那个世道，"天下衙门朝南开，有理无钱难进来"。她只能含恨而归。

之后，断断续续跑了一年，她也没能见上爷爷一面。

心灵的创伤，浑身的疲惫，奶奶感到身体大不如以前了，终于支撑不住倒在了炕上，她浑身发冷，不住地颤抖，孩子们吓得不知所措。

好心的邻居拿埋在地下多年的脑盖骨，在火上慢慢烤黄碾碎，用小米汤冲着让奶奶喝了下去，这才退了烧。过了好长时间，奶奶的身体才有所好转，算是捡回了一条命。

爷爷不在，奶奶真不知道以后的日子怎么过，该吃什么、喝什么，怎么养活孩子。

奶奶真不想活了，可一看到孩子们，她只得强忍着痛，顽强地支撑着。

就这样，她带着孩子们，一天一天地煎熬着……

奶奶说，没多久，人家"榜眼府"大院的老东家三兄弟便大摇大摆地从官府衙门的牢房里出来了。

有钱能使鬼推磨——他们给官府和衙门使了大把大把的银钱，和衙门合计着，把一切罪过都推到爷爷一个人身上。

爷爷，大堂没进，二堂没提审，一直被关押着。

在"榜眼府"大院的三兄弟出牢房的那一天，家人为他们人摆宴席，接风洗尘。

大厅里花灯高挂，喜气洋洋。老东家眯着小眼睛，从饭菜极其丰盛的餐桌上拿起酒盅，得意地对酒席宴上的人说："我常讲：'宁堵城门，不堵水道。'钱是用来堵官道的，不是用来堵……这回你们清楚了吧？"

众人点头赞许。

老东家习惯性地捋着八字胡，"哈哈哈"地放声笑着。

事情也真是巧，或许是有人故意安排的，也就在一年后的这一天。

奶奶说，从官府的衙门牢房抬回了奄奄一息、骨瘦如柴、满身伤痕的爷爷，他连说话都费劲儿。

临别时，奶奶贴近爷爷的耳根，只听他吃力地留下一句话："告诉孩子们，从今往后，犯病的不吃，犯事的不做！"

没过几天，爷爷便睁着眼睛离开了人世。

爷爷——死不瞑目。

奶奶极力克制住自己悲痛的心情，告诉孩子们："不许哭！有泪就往心里流！"

可，她却哭了，哭得很厉害。

她那孱弱的身躯在剧烈地抽动，她抱着爷爷干瘦宽大的肩膀，把脸依偎在他冰冷的胸脯上，抽泣着……

她的心，她的肉，她的骨头，她的骨髓，她的一切一切，仿佛全都融化了……

全都融化成了泪水，不，是血！像源源不尽的泉水，无止境地流出来……

那一天，是一个，十分凄惨、悲痛，让人永远也不想回忆的日子。

红缨马鞭

HONGYING MABIAN

红缨马鞭

| 红缨马鞭 |

天上掉大饼，天大的喜事

春暖花开的季节。

每当清晨，我上公园散步，总是从老远就能听到"叭！叭！"人们挥舞着大鞭子锻炼身体的响声。那响声像麻雷炮，震得耳朵嗡嗡地响。不习惯这响声的人，猛然间听到，觉得怪吓人的。

每当这时候，我不由得就会想起父亲，想起他当年在农村赶车用的红缨马鞭。

那时候还是解放初期，我小的时候，农村刚刚从初级社进入高级社阶段。

1956年，我国农村的组织形式由初级社发展成高级社（全称叫"高级农业生产合作社"）。每个农户家的土地、耕畜、大型农具等生产资料，都归集体所有，取消了土地报酬，实行按劳分配。

高级社，无论从规模到人力等各个方面，都比初级社大。它是我国社会主义性质的集体经济组织。1958年，高级社进一步发展，变为农村人民公社。

也就是在那个时期，在政府的资助下，我们村子拥有了历史上第一辆马拉的胶皮车。

红缨马鞭

　　我们村子背靠青山，右面是一条河，左面是一片树林，环境很优美。村子不大，也就二十多户人家。土地也很少，而且比较分散，和周边村子的土地交织在一起。

　　那个时候种地，所有的农活儿全靠牛拉、人背，最缺少的就是运输工具。因此，人们的日子受尽了磨难和痛苦。

　　现在，村子里有胶皮车了，这对于刚刚解放还处于一穷二白状态的农村，尤其是我们那个村子来说，对于急于盼望着能吃饱、穿暖、过上好日子的农民社员来说——真是天上掉大饼，天大的喜事。

胶皮车

胶皮车，和过去用硬木头做轱辘，样子像二饼子的牛牛车比起来，大得多。它的轱辘和现在的汽车、自行车一样，用的是胶皮充气轮胎。

我们那地方的人，管这种能充气的胶皮轮胎车叫胶车。我奶奶干脆叫它"胶皮车"。

有了胶皮车，村里人再也不用硬木头做轱辘的像二饼子一样的牛牛车了。

我们村子从此结束了几百年乃至上千年的那种用牛拉、人推的二饼子牛牛车的历史。

胶皮车通常用三四匹骡子或马来拉，并用其中一匹最高大或最有力气的骡子或马驾辕。驾辕的叫辕骡或辕马。从车轴中伸出的长长的如麻花一样粗细的几根皮绳，并排套两匹或三匹骡马，叫梢马或拉梢。

胶皮车之所以比牛牛车先进，最关键的一点是有了滚珠车轴，再加上轮胎充气，载重量成倍地增加，走起路来，既轻便又平稳，省了不少劳动力。

胶皮车和二饼子牛牛车比起来，不但载物多，跑得快，在道路复杂

红缨马鞭

一点儿的路上也能行驶，自然也能走远路。它能顶得上几辆牛牛车用。

更先进的是，胶皮车有了制动系统的刹车，它是用两块木板夹住车轮子内侧的钢瓦圈进行制动。平时就应试放松两块摩擦板，使其呈倒"八"字形。下坡时，用绳子一拉，通过机关，使板合拢夹住钢瓦圈，起到刹车的作用。

别看这事儿简单，可在那个时代，这可是一件了不起的事情，可以说是在运输工具上发生了翻天覆地的变化。它极大地提高了农村的生产力水平，使农民的生产积极性空前活跃和高涨，使生产实现了突飞猛进的发展。

当初，要是哪个村子有一辆胶皮车，那可不得了，就跟我们家里买第一辆崭新的汽车时一样的感觉，令人兴奋，甚至比买汽车还要荣耀得多。

听老人们说，胶皮车进我们村里的时候，当时全村人集体出动，全都出来围着看稀罕，男女老少唏嘘不已。

大伙儿惊讶地说："啊呀！这车才大了！"

村长说："这算啥！我们以后还要有拖拉机呢。"

如今，出生于二十世纪四五十年代的人们，仍然可以回想起那个时候村里人的那种心情、那种感受，以及那时候的情形。

一听到鞭子声，就往屋外跑。

当昂首挺胸的骡马，驾着辕，拉着一辆崭新的胶皮轱辘车，从村子里的马路上走过时，村里的人们都停住了步，放下手中的活儿，用惊奇、羡慕的眼光直直地瞅着。

即使那辆胶皮车从街上消失，从人们的视线里淡出，人们还在寻觅、追寻着那辆听得见却望不见的胶皮车……

在那个年代，拥有胶皮车成了一个村子富裕的标志。

因为有了胶皮车，不但连村里的年轻后生好娶媳妇，而且外村的姑娘也愿意嫁过来。周村的人们见了面，首先聊的话题就是胶皮车，还相互打听：有车没？有几辆？

有胶皮车的村里的人，脸上都布满了自豪的笑容，说话高调，像要跳起来，似乎人也要高出别村一头。

没有胶皮车的村里的人，尤其是性急的年轻小伙子，心里又羡慕又嫉妒，暗暗地骂有胶皮车的村里的人："有球辆胶皮车，也不知道，跳跶甚了……"边说边走，歪过头，低下脖颈，向地面吐着唾沫星子……

当初，我们村里听说要置买胶皮车，一时间，这事儿可成了村里人茶前饭后时常议论的话题。

村里的一些人开始着急了，尤其是年轻人，都想当胶皮车的"车倌"。

那可是村里第一辆胶皮车的"车倌"，荣耀！

就像后来的人能开上村里的第一辆拖拉机、第一辆汽车一样，那股兴奋劲儿，甭提了。

红缨马鞭

驯　马

村子里用两头二岁口的耕牛与邻村换回了一匹大青骡子，准备做胶皮车的辕骡。

大青骡子一岁半口，人只要一靠近它，它就又咬又踢，连胶皮车的绳套也放不到它身上。本想套车调教它一段时间，就正式让它任辕骡拉车干活，没想到会是这样的结果。

这可难坏了队长！

村里的社员们议论纷纷，说什么话的也有。

一天晌午，父亲和队长俩人一同回家，边走边谈。当走到村子当街时，村里的一位老人冲出人群，拦住队长，用手指着他的鼻子，扯着嗓门，像是吵架般大声喊道："这事儿，都怨你！当初，你做得就不对，可惜了两头牛了，换回个没用的牲口。人家好用的牲口肯定不和咱们换，你也不想想！"

话音老远都能听见。老人说话间，脸涨得通红，脖子憋得老粗，唾沫星子溅了队长一脸。

队长急忙说："老叔——"声音拉得很长，边说边用手指着父亲，示意道，"你看，这不是，我们俩正在商量这事儿呢！"

父亲在一旁注视着这一切。

他知道，老叔是村里很有威望的老人，耿直、善良，人们从来也没见过他发这么大的火，更没见过他骂过人！肯定是村里一些人鼓动他来找队长，说这些话的——从中也能看出村民们的担心和愿望。

父亲心想：如果自己当车倌，一定得干出个样子来。想到这儿，他急忙和队长说："咱俩的事儿，还没说完呢！"然后眼瞅着老叔，笑了笑，拽着队长的胳膊就往家走。

俩人又继续谈论起来……

从小到大，我感觉父亲最听奶奶的话了。

听说父亲提出要调教大青骡子，那天晚上，奶奶见了父亲没好气地说："那牲口，你不是不知道！胶皮车，可不比过去的牛牛车；这牲口也和过去的牛不一样。咱可不逞那个能，你趁早不要干！干不了，丢人不说，一旦出点儿事儿，鼻子比脸大！"

那时候，我还小，刚记事儿。只见父亲将旱烟袋对着煤油灯不停地点火，吸着烟。先是猛吸几口憋在嘴里，然后长长的烟雾从鼻子里冒出来——这是我第一次见他这么吸烟。

奶奶勤劳、善良，一辈子做事谨慎，就怕别人说"闲话"。她宁可自己吃亏，也不想让人在背后戳脊梁骨。

见父亲没吭声，奶奶知道自己的儿子这个时候就是有九头牛也拉不回来了，憋着满肚子气睡觉去了。

打这以后，父亲开始每天起早贪黑，一门心思地制作他的红缨马鞭。

父亲还把我们家鸡下的蛋给卖了，购买了制作红缨马鞭的材料。要

红缨马鞭

知道，那可是奶奶专门给我这个独苗孙子养的鸡、下的蛋。我心里很不高兴，见了他就会噘起嘴，小声嘟囔几句。

赶胶皮车的鞭子和咱们普通的放牛、放羊鞭子不一样。鞭杆约有五六尺长，由两部分组成：手握的那部分，是一截三尺左右、圆溜溜的红柳把，红柳把上绑着二三尺长、由三四股细竹条拧成的像麻花一样的软杆；鞭绳是用多股牛皮筋拧成的，足有七八尺长，上面缀着红缨；鞭绳的末梢是一尺多长的像面条一样的鞭梢，鞭梢用的也是上好的牛皮，既柔软又坚韧。

听父亲说，赶车的，尤其是老车倌，都身怀绝技，而且绝技就体现在那杆红缨马鞭上。

听了这话，我才明白，原来父亲和老车倌学了不少东西。

父亲调教那大青骡子很简单，就他一个人，一杆鞭子。

父亲抖起那红缨马鞭来如舞龙，打鞭子的响声就像炸雷炮。

父亲把大青骡子拴在村头一棵独苗的老榆树上。老榆树周围是一片空地，没有什么东西，平常这里也是牛、羊等牲口休闲的地方。

父亲照着大青骡子的屁股一鞭子打下去，骡子疼得"噌"一下跑起来了。然后父亲不断地悬空打响鞭，大青骡子就不停地绕着树跑。跑着跑着慢下来，又是一鞭子打下去，骡子又快跑。没三袋烟的工夫，大青骡子便气喘吁吁，再也跑不动了，低下了它那"高贵"的头。

太阳刚落山，父亲拴回了大青骡子，然后一路满面春风，背抄着手，哼着小曲往家走。

刚进家门，父亲便看见奶奶靠在炕沿边，脸红脖子粗地冲着他发起火来："你看，当初和你说甚了！你不听，非要干。现在好了，全村的人都在戳咱们家的脊梁骨……"

奶奶说话像连珠炮似的。

"又说甚了？"父亲说话的声音很粗。

"说甚了？人家说，你比'地富反坏右'还坏，心还狠！抽打得那大青骡子全身都是血！是不是这样？"

父亲一听，明白了。

他忙对奶奶说："你不要听他们瞎说！那是牲口，不调教就不能使唤，胶皮车就白买了……咱们家，八辈子贫农，咱还怕他们说！"

父亲说着，面带微笑地看了奶奶一眼。

我很无奈，心里真恨老叔那老头儿——准是他，不知和奶奶嘀咕了半天什么，肯定是这事儿！

那天晚上，奶奶气得连饭也没吃。

她觉得，"灰小子"（指父亲）这一阵子，每天晚上积极地往外跑，和一伙小青年混在一起，说是进夜校，学文化，看来是学坏了。无论说什么话，他也听不进去。

父亲那天也没吃饭，对着煤油灯一个劲儿地抽烟，抽得满屋子都是烟雾。

在夜校里，文化教员教大家识字、学文化，也经常给大家讲全国的治安形势：目前，虽然全国解放了，抗美援朝取得了胜利，农村由初级社进入高级社，但美帝国主义亡我之心不死；封建和旧社会的残余势力仍然存在；蒋介石在台湾还叫嚣，要反攻大陆；国内的敌特人员、地富反坏右等牛鬼蛇神，还在兴风作浪，唯恐天下不乱……阶级斗争很复杂，决不能掉以轻心。

对这些情况，父亲似懂非懂，但对农村中地富反坏右的痛恨认识却

红缨马鞭

很深。

父亲一边抽烟，一边思谋："难道调教大青骡子这事儿，就是地富反坏右在搞破坏？"

他心里很乱，怎么也理不清，感到脑子里空荡荡的。

夜深了，父亲披着衣服到了队长家。

队长读过几天私塾，有点文化，他说话时有眯眼睛的习惯。

听了父亲的述说，队长沉思了片刻，眯着眼睛问父亲："你还记得不，区里的文化教员给我们上夜校，经常讲的毛主席的话？"

"哪句话？想不起来了！"

"毛主席说：在拿枪的敌人被消灭以后，不拿枪的敌人依然存在。"队长的眼睛眯得更厉害了。

"对。区文化教员经常讲这句话，是让我们提高警惕。毛主席还讲：'凡是敌人反对的，我们就要拥护；凡是敌人拥护的，我们就要反对。'"

接着，队长说："咱们都是贫下中农，要听毛主席的话，可不能听那些胡言乱语。"

父亲沉思片刻，他心里知道该怎么做了。

第二天一大早，父亲的干劲更足了，他拿上红缨马鞭，准备继续去训练大青骡子。

刚要出门，奶奶看着他，想要说什么，可话到嘴边又咽了回去——她什么也没说。

父亲开始让大青骡子练套车。

他让大青骡子练套车，不戴嚼子，也不戴龇牙儿，而是给它装了满满一车土坯，在村东头秋耕翻过的土地里，让大青骡子拉着走。土地松松软软，轮胎没进地里足有一拃深。

这时，父亲打响红缨马鞭，喊着"嘚驾——喔吁——"，教大青骡子走停、靠左、向右、前后拐捎。

一个来月，每天都是这样，大青骡子累得满身是汗，像从水里捞出来似的，让它向东，它不敢向西！

一回到家，父亲就拿精饲料喂养大青骡子，还给它洗澡、挠身、抚鞭伤。

有一回，我看到父亲眼睛雾蒙蒙的，拍着大青骡子的脑门说："小东西，不是我心狠，是你太不听话。不调教，你不成器。别恨我，为你好。"

牲口也通人性，我看到大青骡子的眼里竟然有了泪。

之后，父亲给大青骡子的脖子挂上了铜串铃，拉着车带它练习走路。

父亲一只手握着鞭子，另一只手提着缰绳，大青骡子迈一步腿，父亲便提一下缰绳，这样好让大青骡子养成走路时挺胸、抬头的好习惯。随着马步，铜串铃也有节奏地响起来……

大青骡子很有悟性，经过父亲几个月的调教，基本上学会了辕骡的各种技能，干什么都有模有样。大青骡子的颈似乎变长了，也能和父亲和谐相处，听从指挥了。

它健硕的肌肉、完美的体形、油亮的皮毛，还有脖颈上剪得整整齐齐的洒脱的鬃毛，那叫一个漂亮。它走起路来，昂首挺胸，有节奏的马步声和"铃铃"的铜铃声融合在一起，如同音乐伴奏下，受检阅的士兵，很是神气。

红缨马鞭

村里人看着我父亲赶着大青骡子套的胶皮车进进出出那得意的样子，很是羡慕。

我那时候还小，每当胶皮车在村中大街上出现时，我便领着几个年龄相仿、光屁股的小男孩儿，跟在车后面跑。小伙伴虎子家的大黄狗，摇摆着尾巴，也跟着我们追胶皮车……有时候，大家趁父亲不注意，一溜烟儿都爬上了车。大黄狗也一声不响地依偎在我们身旁。

没坐多远，我们全被父亲轰下了车。

就那，我们一帮小孩儿也是个个喜气洋洋的，那个高兴劲儿，就没法形容了，觉得很幸福。

小时候的幸福，来得很容易，最简单，也最容易满足。

甩鞭子

听父亲说，胶皮车架辕有的使用马，也有使用骡子的。对于赶车的人，人们也管他叫"车倌"，鞭子以及架辕的骡和马是车倌们最重要的心爱之物。

险要的道路环境，最能体现骡和马与车倌的默契以及它们的素质，甚至在危难之中骡和马还可以救车倌的性命。

红缨马鞭，同样也能在关键的时刻发挥威力。

平日里，车倌最爱打扮辕骡、辕马和鞭子，给辕骡、辕马的鬃上、尾巴上、笼头上拴上彩色的绸带，脖子挂上串铜铃铛；将鞭子把油儿得光溜溜的，或者用彩带缠绕几圈，然后在鞭绳的上端挂上一拃长的红缨，很漂亮。

鞭子把儿到鞭梢，拉直了有一丈多长。这么长的鞭子，一般人根本甩不了，一甩，往往会把自己的眼睛或脸给抽伤。

父亲甩鞭子，那真是随心所欲，指哪打哪，简直到了出神入化的地步。

听父亲讲述辕骡、辕马和鞭子的故事，我对红缨马鞭愈发迷恋。

打那以后，每当看到父亲手提着红缨马鞭回家，老远我就跑过去，

红缨马鞭

接过他手中的红缨马鞭扛在肩上。

好奇心驱使我时不时地将红缨马鞭从肩膀上又拿下来，一边瞅一边摸着，大摇大摆地和父亲往家里走。到家后，把鞭子立放在它平日被放置的地方——家门背后的瓮旮儿。

一天晚上，我做了一个清清楚楚的梦。

那是一个忙着收割谷穗的日子。近黄昏的时候，和往常一样，我老远就看见了父亲，高兴地跑出去相迎，笑嘻嘻地问："爸，你回来了？"

"嗯，回来了！"

我跟往常一样，双手接过父亲手中的红缨马鞭。

我故意退缩在他身后，趁他不注意，双手抱住红缨马鞭就甩，左甩鞭子不响，右甩鞭子也不响。

抬高了红缨马鞭看看，奇怪了！

见父亲拿起鞭子，指哪打哪，甩得很响，声音也很脆，真好听，老远就能听见。我咋不行呢？

铆足全身的劲儿，双手拿起红缨马鞭，又甩。那个时候，还是年纪小，没力气。

结果，随着"啊——呀！"一声，连人带鞭子，应声摔倒在地。

这一下，可坏事了！

鞭子梢那段被杵断了，变成了两截。我的胳膊肘杵掉了皮，流出了血。

"咋——啦？"父亲回头问我。

又一看，红缨马鞭变成了两截。

立马，父亲气儿不打一处来。你看他那副生气的样子：双眼圆瞪，连说话都咬着牙，恨不得把我一口吃了。

父亲拿起半截鞭子，就要打我。

见势不妙，我撂下手中还攥着的半截断了的鞭子，拔腿就往家里跑。

奶奶正在家里，拉着风箱做饭，忙问："咋了？咋了？"

"我爸，要打——我！"

我扑到奶奶的怀里，双手紧紧抱住她。

父亲气喘吁吁地追回家，从奶奶身上拽住我一条胳膊，拉出来，举起半截红缨鞭杆，照着我的屁股就打。

"啪啪！"打得真狠，真痛。

我连哭带叫："啊呀！啊呀……"

"你把他打坏呀！"奶奶在一边喊。

"你——看！你——看！这就是他干的。"

父亲边说，边把半截鞭子，拿给我奶奶看。

"行了，打坏娃娃呀！"奶奶依旧心痛地大声呼喊。

看奶奶急了，父亲这才停手。

用现在的话说，我是单亲家庭的孩子。我们家，就父亲、奶奶和我三口人。

平时，父亲对我疼爱有加，生怕我受半点儿委屈。

听奶奶说，我小时候很喜欢鸟，看到人家养鸟，哭着喊着非得要。当时，父亲很喜欢抽烟，可为了省钱买材料给我做鸟笼子，他硬是一年多没抽过一口烟，省下钱买回材料给我做了一个鸟笼子。

可今天父亲他不亲我了，不管不顾，打得我屁股横七竖八净是一道一道的伤口。

红缨马鞭

我哭得上气不接下气，奶奶给我的伤口抹了一些自制的止血消痛类的药。

哭累了的我，后来慢慢地睡着了。

梦中，隐隐约约，我听到奶奶在数落父亲。

父亲低头不语，"吧嗒！吧嗒！"对着小煤油灯，不停地抽着旱烟，烟杆里都发出"吱——吱"的声音。

那时候我年纪小、不懂事，当时认为他肯定不是在想我屁股上和胳膊肘上的血红的一道一道的伤口，而是还在考虑他那红缨马鞭的事儿他对我还不如对他那大青骡子好呢！

连续好多天，我见了父亲就噘起嘴，故意不和他说话，再没有相迎，再没去扛他那红缨马鞭。

梦——醒了！

我赶忙摸摸自己的屁股、胳膊，没感觉到有痛的部位。

蒙眬中睁开眼，看到父亲还在那里对着煤油灯抽烟，和奶奶说着话……

而我，仍然沉浸在梦中。

杀 羊

过了一段时间，村里新增加了一辆胶皮车，急着要做一套全新的绳线套具。

这件事儿，我记得很清楚。

父亲和我奶奶说，大队里没有合适的地方——实际上，当时队里根本也没有办公的地方，最后决定要把做绳线套具的黑皮匠师傅请到我们家里来做。

为这事儿，父亲和奶奶商议了一个晚上。

奶奶的意思是，让队长指派一家比我们家生活好一点儿的家庭去做。那时候，虽然谁家生活也不宽裕，可是我们家每天靠吃生牙土豆、臭酸菜、玉米糊糊充饥。就这，也是吃了上顿没下顿的。怎么能让皮匠师傅来我们家呢？

"手艺人，易手人，吃不上好的就哄人。"到头来，搞不好让村里人埋怨，落闲话。

原来，我做梦的那个晚上，父亲和奶奶坐在一起商量的是这件事儿。

最终，奶奶拗不过父亲，没好气地说了句"你的翅膀是越来越硬

红缨马鞭

了"，算是同意了。

当时，在我们那个地方皮毛行业有三种专业：一种是制作皮帽、衣裤的，叫毛毛匠；一种是制作毡鞋、毡毯的，叫毡匠；还有一种是制作车马套具的，就是黑皮匠。

黑皮匠师傅在当时很吃香。周围的村子里渐渐地都有了胶皮车，需要做的车马绳线套具越来越多，黑皮匠们忙得很，尤其是手艺好一点儿的师傅。

听说，请这一位黑皮匠师傅，村里已经等了好几个月。

为这事儿，奶奶几乎跑遍全村，硬着头皮低三下四地借粮食。父亲还把我们家唯一的一只绵羊给杀了——那只羊原本是打算到我上学的时候卖掉交学费的。

那只羊可爱极了，白绒绒的毛，眼圈很黑很大。我每次回家看到它时，一招手，它就会摆着肥囊囊的身子跑过来，伸出舌头，舔舔我的手。我总会想办法给它找一点儿好吃的。

知道要杀那只羊，我总是跑过去看看它，摸摸它的头。

我心想：羊啊，快跑吧，不然要杀你了。

那只羊似乎感悟到了我的心思，抬起头，一直看着我，像要掉眼泪似的。我以前说过，牲畜也是通人性的。不知道有人信不，反正，我信。

可能是父亲觉察到了我的心思，杀羊的那天硬是没让我看。

也不知道那只羊后来村里子给算钱没，不过，我敢肯定，就是不算钱，父亲也心甘情愿！

平日里，我们家只有过重大节日，如春节、中秋时，才会有一点儿肉星星。

这倒好，自从那皮匠老头儿被请到家里来，每天，每顿饭，都有肉。

吃饭时，还得让人家先吃。要知道，以往在家都是我先吃，挑顺口的吃，随便吃。

可现在不行了，而且还不让我和那皮匠师傅一块吃饭。父亲和奶奶都说，要尊重师傅。

一到吃饭的时候，他们总会给我找点事儿，把我打发得远远的。等叫我回来吃饭时，我借故到处翻翻，心想：总能找到一点儿剩下的肉——哪怕，就一点点。

嘿！可那皮匠师傅吃得干干净净，一点儿肉星星也没剩下，气死我了！

一开始，我还在大门口转悠，有时蹲在大树底下看蚂蚁爬树，等那皮匠师傅吃完饭再回去。后来索性走得远远的，甚至故意藏起来，让人找不见，害得我奶奶满街喊着找我回家吃饭。

那天，风很大，奶奶找我时遭风凉着了，病了好几天。

那段时间里，我总是满脸乌云，在外人看来，好像是谁欠我二百块钱似的，脸上写满了"不高兴"。

就这！父亲和奶奶还让我管那皮匠师傅叫"大爷"——他比我父亲岁数大。

我才不叫他呢！一说起这事儿，我就低下头，脸红红的，噘着嘴，故意躲着走开了。

奶奶指着我的背影责备我："你看这孩子，咋就不懂礼貌呢！"

红缨马鞭

后来，那皮匠老头儿可能感觉到了什么，每顿饭总会给我留一点儿，还多次对我奶奶说："娃娃还小，快让回来一起吃吧！"

奶奶微微一笑，说道："不能惯着他，要不一点儿样子也没有了。"

打那以后，在那皮匠师傅的再三督促下，每顿饭他们总会给我留一点儿带肉的菜。父亲和奶奶高兴地一直看着我，直到我吃干净为止。但那点儿东西，我三下五除二，几口就吃完了。

从那以后，我经常坐到皮匠师傅旁看他做皮件绳线，不停地问这问那，一口一个大爷地叫着，倒水、敬茶，一样不落。

皮匠老头儿师傅，不，是大爷，总是乐呵呵的，常夸奖我。

皮匠大爷知道我喜欢红缨马鞭，还特意给我做了一杆。比起父亲的那杆红缨马鞭，不那么精致灵巧，也小得多。鞭梢是用薄羊皮做的，不是牛皮做的。

我站在院子里轻轻一甩，鞭子发出一声响，虽然不如父亲的红缨马鞭那么脆，但多少也有长鞭的样子了。

我又朝地上使劲地甩了两下，鞭子打在土地上，发出"砰砰"的声音，在村子里传出老远、老远……

车马俱乐部

早就听说胶皮车换上新的套绳后父亲要赶这辆车出一次远门，可时间长了，一直不见动静。看来，这次真的要起身了。

一大早，父亲穿戴整齐：头戴羊肚白毛巾；身穿补丁摞补丁的蓝布司林中式夹袄；脚蹬一双磨白了的牛鼻鞋；围一条半新的深蓝色布腰带；胡子刮得很干净，仿佛年轻了十几岁，人分外精神。

似乎，父亲早就期盼着这次远行，满脸挂着笑容。

我趴在被窝里，抬头瞅着父亲问："爸，您这是去哪儿？"

"小孩子不要管大人的事！"父亲粗声粗气地说。

我嘟囔着嘴说："不就是随便问问吗？"

实际上，我是不想让父亲走。听他和我奶奶嘀咕，说要走好多天。

打这以后，父亲要赶着这辆胶皮车经常出远门。

奶奶叮嘱父亲："小心，别出错。牲口和人不一样！"

红缨马鞭

父亲慢慢地从门背后的瓮旮旯拿出红缨马鞭，从上至下瞅了一遍。

红缨马鞭的把儿被油得光光亮亮的，重新用彩色的材料带缠绕出来，鞭绳的上端新挂了一拃长的新红缨，真漂亮！

父亲满脸挂着得意的笑容，提着红缨马鞭出发了。

家里都能听得见他穿着牛皮鞋大步流星走路的声音，咯噔！咯噔！一会儿，听不见了……

一想到父亲这一走要走很长时间，见不到父亲，也不知道去了什么地方，我心里就很纠结，不由得心痛，为他担心……

等到我岁数大一点儿，才逐渐清楚。

赶胶皮车的车倌是一个特殊群体，每个村也就那么一两个赶车的人，如同后来我们每个单位有几辆汽车、几位开车的司机一样。

他们天南海北，几十公里乃至几百公里地到处跑，同一种营生，同走的路，同住的车马大店，就这样把他们联系起来。所到之处，都有他们的熟人。车马大店是他们这些车倌侃天、侃地、侃女人，神聊的俱乐部。

那个时期，交通运输主要靠畜力。

车马大店盖得靠近马路。天气好的话，老远就能看见车马大店的院墙上歪歪扭扭写着的"车马大店"四个字和从房顶烟囱里冒出的浓浓黑烟。

店内不设单间房，每间住人的房子一律是大通铺，也就是一条大炕，上面铺着一张大苇席。宽敞的大院子是过往车辆、人畜休息的好地方。特别在秋冬季节，这里人来人往，非常热闹。

每个车马大店除了为赶车人看好车、喂好牲畜，还要料理赶车人的食宿。

太阳刚落地的时候，车马大店就拉开了两扇嵌在两个大土墩上的榆树木栅门，早早点亮了灯，烧好炕，熬好茶，以便迎来更多的赶路人。

听见外面车马铃声响动，店掌柜就迎出去，高声问道："啊呀！一路累坏了哇！"

车倌们则豪迈地回答道："没球事儿！"

车倌们手挥着红缨马鞭，赶着一辆辆南来北往的胶皮车，"喔喔——吁吁——"地吆喝着，将鞭子甩下去打着牲口。有时，车倌会虚晃一鞭，鞭子甩得很响亮，"嗒嗒"的马蹄声和"零零"的挂铃声交织在一起，人车便有节奏地陆续进了院。

行有行规。

进了院，车倌们娴熟地"笃笃"喊着辕骡、辕马，将胶皮车一排一排整整齐齐地停在车马大店的院内，然后卸了牲口，把套绳收拾好放在车辕上，加盖上防护布。

那些车停得不整齐的车倌，常常遭到同行的耻笑。在车马大店里，尤其是车马多的地方，胶皮车的停放也正体现着车倌的技能和素质。

随后进入屋，映入眼帘的是一排大炕。炕洞里的火呼呼啦啦地燃烧着。炕上躺着或睡着的人个个是烟熏火燎的乌黑黑的脸，随之而来的还有行进中坐着马车来这里住店的人。

入住了车马大店，车倌们和住店的客人就成了"俱乐部"的成员。

父亲在这里认识了不少人，日子久了也结交了一些朋友。我经常听他讲，他认识了一个很有文化的人，十分仰慕对方。

怪不得父亲每次外出回来，总能给我讲好多故事。

至今，我还记得父亲讲的《王化买老子》的故事。

说的是在宋朝，有一位姓王的渔民，打鱼捞出一个肉球。这个肉球是八贤王的王后扔到河里的。老两口打开肉球一看，里面是一个小孩，就将其抚养。因这孩子身上长着一颗梅花痣，故起名叫王化。可他长到八岁，仍不叫"爹妈"，老两口就逼着王化叫爹、叫娘。结果，叫得两

红缨马鞭

77

位老人双亡，王化也因此落得个讨吃要饭的下场。

王化后来娶了一个退休官员的女儿为妻，名为玲玲。玲玲是其父赌气让嫁给王化的，她为丈夫生了两个孩子。

快过年了，玲玲让脑袋迟钝的王化上街买东西，并吩咐要买便宜的东西。结果王化买回了专门寻访儿子而装贫的八贤王。

玲玲看其言谈举止不像平常人，用心供养，甚至卖了自己的孩子。

这八贤王正是王化的生父，后来他继承了王位。

这，就是天下一个便宜被王化得了的故事。

父亲讲起来这故事绘声绘色，我听起来有滋有味。

岁数大了，我才逐渐领悟出来：原来父亲是在启发、教育我长大了怎样做人、怎样做事。

"王化买老子——不能尽想便宜的事！"

别看父亲不识字，可知道的事儿、懂得的东西很多。

原来，跑的地方广，见的世面多，接触的人多了，潜移默化中，也就学到了不少东西，不经意中，父亲的眼界和思想开阔了。

人们常说的见多识广大概就是这个道理。

父亲经常叮嘱我："你们赶上好时候了，不打仗了。你可要好好念书、识字。"

他把他全部的希望都寄托在了我身上。

那一年，刚进入冬季。

一天下午，我们家来了一位老人，穿一身皱巴巴的长衫，戴一副铜色眼镜，头发花白，背着行李。他给人的印象，像是账房管账的老先生。

父亲感到十分惊喜，急忙出门迎接，结结巴巴地说道："啊呀！

宋……宋先生，您——来了！"

"说好了的要来，哪能失言呢？"

"辛苦您了！宋先生。"

我和奶奶也跟随着出去迎接。

"这就是你的儿子吧？"老人用手摸着我的头问。

"快……快，叫先生！"

"大——爷！"

父亲拉拉我的袖口，说："快叫先生！"

我不解地抬起头，瞅着父亲。

奶奶似乎看出了端倪，急忙招呼："快回屋！快回屋！"

父亲随手提着宋先生的随身物品，一同进了屋。

听父亲说，宋先生过去家里也是有钱人家，不知怎么，后来家道败落了，于是开始四处云游、流浪江湖。

那一年，宋先生在我们家住了一个冬天。他就这样成了我的老师。

开始时，他教我认《百家姓》的字，赵、钱、孙、李，周、武、郑、王……后来，他让我练毛笔字。他事先写好仿影，让我练。就写了三张字帖："天下太平""春夏秋冬""东南西北"。一个冬天，每天就是反复练这三张字帖上的字。

过了一段时间，先生又教我打算盘，背诵口诀，反复练习算盘"凤凰单展翅、双展翅"的打法，然后教我"十六两秤"的口诀以及计算方法。后来，国家不用十六两的秤了，统一改成了十两的秤。

每天到了晚上，他就开始给我讲《杨家将》《三国演义》《西游记》等书中的故事。

我每次都傻乎乎地直到听完，才去睡觉。

红缨马鞭

这个季节，队里没啥活儿，为了补贴家里的开销，父亲推着车到城里卖"烧土"。

烧土是一种可燃的土。那时候煤特别贵，城里人便把煤和烧土掺在一起，用来取暖、做饭。

起先，宋先生每天教我写字、识字，然后他看书。后来，他也帮着父亲卖烧土，有时把我也带上。

宋先生不但有知识有文化，而且干起活儿来也是一把好手。我更喜欢他了。

如果说，我能从农村小学毕业考入城市上中学，再到如今有一点儿文学爱好，还就是受了儿时那个时候的熏陶。

我真正的启蒙老师，就是父亲费尽心机、千辛万苦请回来的那位宋先生。

蜈蚣坝，白道岭

后来我才知道，父亲那次出远门果真遇了险。

他们那次外出，是区政府统一组织村里的胶皮车从大青山的山后（当地叫后山）往前山紧急调运粮食，以解决当时前山各村缺少粮食的燃眉之急。

路途必经我们村背后大青山坝口子的蜈蚣坝。

蜈蚣坝，古称白道岭。蜈蚣坝也没有蜈蚣，白道岭也不是白色的，只是古往今来，过往车辆和人员随着碾压、踩踏留下来的痕迹，远远看，弯弯曲曲的像一道白色的梁，故称白道岭。

这里自古以来就是通往大青山后山的大通道，也是南来北往的人员、车辆的必经之路。

白道岭山高坡陡，地势险峻，海拔近两千米，沟深近千米，道路沿山而建，蜿蜒曲折，绵延数十里。古人的诗中说："云催古道见天低，鞭打喘牛不能前。"就是形容古道的凶险。

他们那时候一行共六辆胶皮车，区政府安排有车的村子各自拉上给分配的粮食结伴而行。而父亲的车，还另外给没有胶皮车的村子捎带了

几袋粮食。

准备就绪，一行人天刚蒙蒙亮就出发返程了。

那时候，每辆胶皮车出远门时都要跟随一个小伙子，搭帮手。

胶皮车每走一段上坡路，跟车的小伙子就将枕木搁在胶皮轮带后，为的是让骡子和马休息一会儿，再爬着坡往山上走。

就这样，他们艰辛地走了一天。

临近夜晚才到了蜈蚣坝的坝顶，只好在客栈打尖休息。

父亲叮嘱跟车的小伙子，晚上辛苦一点儿，给骡子和马添足草料。但他还是不放心，晚间起来又亲自给骡子和马添了两次草料。

人们常说，上山容易，下山难。

起初，父亲的那辆车还比较顺利。跟车的小伙子时不时地拉着刹车，父亲紧紧地握着缰绳，全神贯注地驾驭胶皮车，沿着蜿蜒的林荫山道缓步下行，逐渐进入"魔鬼峪"。

"魔鬼峪"这一段山路是沿山开凿修建的，用车倌们的话说，全是胳膊肘弯，也就是九十度的转弯路，沟深路险。

那一天，雾蒙蒙的，云海缥缈。人们仿佛进入一个巨大的野生动物园，所有的动物都在你眼前竞相奔跑：空中巨鸟展翅翱翔，狮子张开血红的大嘴，独角犀牛摇晃着脑袋，大象高举着大鼻子，还有满嘴獠牙的狼群……仰望着这些大大小小的动物，它们在海拔高出两千米山峰的云雾之中，回绕着，忽隐忽现，摇摇欲坠，似乎一瞬间就会冲你扑来。

举目望去，毛骨悚然，使人感到阴森、恐惧，浑身起鸡皮疙瘩。而且空气中还散发着一种潮湿、难闻的气味儿。

当父亲驾驭的胶皮车走到这一段山道下坡路上的时候，突然，路边

"呼噜噜"一群山鸡从骒马的头上飞过。

峡谷像是一个大音箱。顷刻间，山里的回声，由远及近，不间断地回传，越传声音越大，像打闷雷一样"轰轰！轰轰！"地响……那震耳欲聋的轰鸣声萦绕盘旋，震荡着狭小的山谷。

一匹拉套的捎马惊吓得猛然间向四处跑。

马惊了，拉偏套。

装满粮食的车瞬间加速往下冲——不出百米，就是一个右转急弯，路的左边是山，右边是深崖——跨在车辕的父亲已经无法跳车。

"使——劲拉闸！……使——劲拉闸！"父亲猛喊！

跟车的小伙子双手攥着闸绳，挺身向后仰着，双脚叉开，插着地走，使出了全身吃奶的力气，紧紧地拉着闸绳。车闸紧抱着钢圈，摩擦得直冒火星，发出"吱——吱——"的奇怪而恐怖的响声。

"扑——通！"

跟车的小伙子仰面倒在地上，车闸绳断了。

父亲心想："这下完了！"

就在这时，只见大青骒子，整个后身猛地坐下去，两条后腿斜插在路面上，铁蹄与路面之间擦出一片火星——车速在减。但，巨大的惯性，还在拽着胶皮车疾跑！

父亲举起鞭子，"啪！啪！"朝着拉偏套的捎马的头上打去，捎马回了头。

大青骒子听到鞭响，嘶鸣一声，把全身的力气聚到四条腿上，用身子不断地向左摆车。

"咣！"的一声，胶皮车右边的轮胎抵在路边的一块山石上。

车顿时停了下来。

路边的石头挪了位，将石头前面的石块儿推向万丈深渊，发出轰鸣

红缨马鞭

83

声，一股黄尘随风飘了上来……

大青骡子又是一声嘶鸣！

一口鲜血，从嘴中喷出！

一场车毁人亡的灾祸，算是躲过了。惊吓得出了一身冷汗的父亲，抱着大青骡子的脑袋放声大哭。

为了避免这次险情，大青骡子的后蹄磨出了骨头，腿肌撕裂，还有了内伤。父亲多方寻医治疗，大青骡子才逐渐康复，恢复体力。

从这以后，父亲一闲下身来，就牵着大青骡子遛弯，或是给大青骡子梳理鬃毛、挠痒痒，人骡整天形影不离，比对我还亲呢！

事后，人们一提起父亲过白道岭闯"魔鬼峪"的事儿，父亲便拉长声调地说："淡——球——事！"

收　割

共产党领导的中华人民共和国成立了，世道好了，老天爷也开了眼，人们的日子风调雨顺的。

有了胶皮车的那年，我们村子里出现了历史上少有的丰收年。

播种的大片麦子穗长，颗粒饱满，秆长得高，人进入地里，只能看到脑袋。

但我们这个地方有一点不好，就是常刮西北风，总是一到收割的季节便赶上雨季。

在这个季节里，全村的人们跟冲锋打仗一样抢收麦子。

男女老少天不亮就起床，顶着闪烁的星星赶往麦地。一出村口就能嗅到成熟麦田的气息，听到小河哗啦啦的流水声和翠绿芦苇中水鸟的鸣叫声。

麦田里，随着麦叶和镰刀嚓嚓的响声，白黄的麦田被分割成一条条斑块。割麦子的人们，有的脱掉布衫，有的扔掉草帽，所有的镰刀像飞一样闪着亮光，麦穗也被风吹到一起变成了一捆一捆的。

从麦子地到村子里的路上，人推的、马拉的、驴拖的、担子挑的，流水线一样，麦穗子被运往村边的打麦场上，一堆一堆地垒起来。大路

上，人们往来不断，到处人欢马叫，喜气洋洋，一派繁忙喜悦的景象。

父亲驾驭的那辆胶皮车，行进在麦地通往村里的大道上。胶皮车一过，后面就卷起一股一股的黄色尘土。叮叮当当的铜铃声，嗒嗒响的马蹄声，还有红缨马鞭发出的脆亮的"叭——叭——"声，融合为一体，汇成一曲时代的交响乐。

胶皮车一到地里，刚刚停下收割的人们都自动地跑过来，帮着搬麦穗，归堆的归堆，装的装，有的用杈子挑，有的用手抱着麦穗往车上扔，车上的人不停地装车、摆放。

不一会儿，车上的麦子就堆得像座小山了。车下有力气的小伙子，喊着号子摇着"绞杆"，用那小胳膊一样粗的绳索，把装得满满的、高高的麦穗堆紧紧缆住。

跟车的小伙子把杈子从车下扔上去，再爬上车，还调皮地在上边打几个滚儿，跟割麦的人们嘻嘻哈哈地说笑话。

等车装满了，父亲晃动着他那庄重而又高傲的红缨马鞭，理顺长套里的牲口，靠在辕上，吆喝一声："驾——"大车便随着吆喝声顺着大路摇摇晃晃地像喝醉的醉汉一样回村了。

整个场面，诗意盎然，彩笔难绘，简直是一个崭新的世界。

那几天，我跟着奶奶捡了不少麦穗。

眼看，这一场收割麦穗的仗就要漂亮地打完了。

可到了要结束的那一天，西山顶上布满了黑云。

老人们说："黑云接日头，且不得放枕头。"说的是疾风暴雨即将来临。

果不其然。

狂风即起，风卷着黑云铺天盖地从头而过。

刹那间，电闪雷鸣。雨，像从天上往下泼水一样，下了起来。整个大地如同涂了一层彩油，五颜六色，亮晶晶的，成了一片水海。

队长不断地督促着社员，大声呼喊："手脚麻利点儿！手脚麻利点儿！"

不大一会儿，剩余的麦穗，满满地、高高地装了一车。

奶奶后来说，不知道那一天我怎么了，一点儿也不听话，特别磨叽，非要坐装麦穗的胶皮车回家！

跟车的小伙子没办法，把我扶上了胶皮车。奶奶气得拗不过我，只好也和我一起坐上了车。

父亲急得只顾赶路，等他知道奶奶和我在车上时，车已经走到回村的半路上了。

不好！

当我们走到离村不远的河边时，山洪已经灌满了整个河道，足有三尺深，洪水流得很湍急，挡住了回村的路。

这条河宽六十多米，平日里没什么水，是人们回村的必经之路。河道是多年来自然形成的一条泄洪河。

在这一瞬间，父亲心里十分明白：如果不尽快地过河，把这车麦穗拉回去避雨、晾晒，麦穗就会生牙、发霉、腐烂。那样的话，社员们"面朝黄土背朝天"一年辛勤劳作的成果——眼看到手的粮食，就糟蹋了。这可是全村不可挽回的损失！

父亲边想边回头看着车上的奶奶和我。

奶奶和我坐在车上，摇摇晃晃地到了河边，看见满满沿沿的洪水，奶奶的心一下子就抽搐到一块。

红缨马鞭

她知道，村边的这条河一发洪水总要出点儿事。奶奶胆战心惊地为父亲捏了一把汗，心里默默地祷告："老天爷保佑！老天爷保佑！"嘴里不住地对我说："攥紧缆绳！攥紧缆绳！"

浑黄的山洪翻卷着浪花，发出巨大的响声，流得一会儿比一会儿大，一会儿比一会儿急。它像野马般地向着下游飞流而去，咆哮着，奔腾着，锐不可当。可能是上游的一座人行浮桥被冲垮了，河水中混杂的腐草和朽木在河中还打着旋儿，散发着呛人的气味。

顷刻间，父亲深深地吸了一口气，咽了一口唾沫。

只见他疾步挺身，跨上车辕，娴熟地拍了拍辕骡的屁股，右手提起缰绳，左手挥动着红缨马鞭，大声喊道："驾——驾——"

他要驾驭着这辆满载麦穗，上面坐着奶奶和我的胶皮车，向河对岸强行冲过去。

胶皮车摇摇晃晃，急速进入河道，被它冲击的洪水四处散落着水花。

眼看着就要上岸了。

突然，河上游一根黑乎乎的，足有碗口粗、三尺长的枯树干，被湍流的洪水推动着，顺着河道，像穿梭的弓箭一样，朝着拉麦穗的胶皮车猛冲过来。躲是躲不过了——不可能，也来不及了。

"咚！"枯树干杵到辕骡的左前腿上，痛得辕骡眼看就要倒下身。麦穗车开始倾斜，眼看就要翻车，车毁人亡的危险迫在眉睫。

说时迟，那时快，就在这千钧一发的时刻，父亲凭借多年的经验，举起红缨马鞭，"啪——啪——"使劲打了捎马两鞭子。捎马痛得猛地拉套，辕骡嘶鸣了一声，会意地使足全身的气力，趁势挺身站立，撑起了车辕，稳住了麦穗车。

车终于上了岸。

一场劫难躲过了，真的是有惊无险。

父亲回过头，明晃晃的洪水哗啦啦的，流得更急了，麦穗车过后的河中还打着旋涡。

抬头瞅瞅麦穗车上的奶奶和我，已吓得出了一身冷汗。

回到家，我冷得直哆嗦。奶奶边做饭，边给我冲了碗热乎乎的姜汤，让我围着被子坐在炕头上。

雨，还在哗哗哗不停地下着……

我守着奶奶，等待父亲回家。奶奶热了好几回饭，时不时定住神，瞅瞅门，听听院子里的动静。

已经很晚了，父亲才手提红缨马鞭回家，全身衣服都湿透了。他放好红缨马鞭，脱掉衣服，上炕就睡，碰着枕头就睡着了。

我把被子慢慢地盖在父亲的身上，看着他。父亲实在太累了，呼呼地睡着，睡得真香。

喜庆之年

可真是赶上了好时候，生活逐渐好了，村里的小伙子再也不用愁娶不上媳妇。大秋以后，就有几户人家要办喜事。

用胶皮车娶媳妇，那可是让车倌感觉十分荣耀的事儿。

每当这个时侯——

娶媳妇的头天下午，几个参与帮忙娶亲的人，就把胶皮车的马车轱辘打扫得干干净净，将围子上的尘土抖搂掉，然后拿一块红布从车厢尾部朝前围成"U"字形。胶皮车被打扮得漂漂亮亮，十分喜庆。

父亲事先也总会把辕骡、捎马的鬃毛打理得整整齐齐，将毛皮梳洗得明亮到直放光。马鞍、马头上都挂上红绸子布，马脖子上挂着的铜铃铛被擦洗得干干净净，都能照见人影。之后，父亲又在他那杆红缨马鞭的杆上缠了新彩带，给鞭子上嵌好崭新的红缨穗子。然后，得意地举起红缨马鞭，朝空中"叭——叭——"打了几个脆响。

娶亲的那一天早上，父亲换上干净的衣裳，像军人一样，打上绑腿。这时候的他精神抖擞，就像一位准备受检阅的战士。

一切准备妥当。父亲将胶皮车停在街上，找了个僻静的墙角旮旯，冲着墙根撒了泡尿。然后，一手抓着缰绳，一手举着红缨马鞭，摆顺骡子和马，扯开嗓门，对着娶亲的人喊了一声："走——啦！"

这时候，村子里看热闹的都出来了，满街都是人。几只喜鹊站在树梢上，叽叽喳喳地叫个不停。

结婚的那一天，日子选得不错，天气很好，风和日丽，万里无云。

娶亲的人和新郎官在父亲的招呼下熙熙攘攘地都挤上了车。

父亲小跑了几步，轻轻一跃，跨坐在车辕上，挥动着红缨马鞭，打了几个响鞭，马便小跑起来——娶亲的队伍出发了。

几个调皮的小孩追着胶皮车，领着狗也跟在后面，一直追到村外。

一路上，车轮滚滚，敲锣打鼓的声音，不绝于耳；马脖子上悬着的铜铃铛叮叮当当，与其他声音融合在一起，仿佛就是一支美妙动听的迎宾曲。

父亲手里甩着红缨马鞭，"叭——叭——"比鞭炮还响，很快就欢天喜地地到了新媳妇所在的村子的街巷里。

村里的人们都围了过来，与其说大家是来看新郎，倒不如说是在看父亲那辆被打扮得漂亮的马拉娶亲胶皮车。

每当说起这事儿，父亲总是乐得满脸堆满笑容。

也就是村里有了胶皮车那一年的春节，村里家家户户的社员们，都分到了白面，吃上了饺子。全村男女老少欢天喜地地贴对联、拢旺火、响鞭炮，热热闹闹地过了一个大年。

屋外，左右两边的对联上写着"翻身不忘共产党，辛福不忘毛主席"，横批是"生活美满"。

就在那一年，区政府隆重地召开劳模大会，父亲受了奖。

奖品是当时十分紧缺的无比珍贵的上海产的搪瓷脸盆，上面印着闪

红缨马鞭

闪发亮的红色金鱼图案。

　　它象征着——年年有余、吉祥如意。

　　这脸盆，在我们家堂前整整摆放了十年。

　　而那杆红缨马鞭，更是伴随了父亲的一生。

| 娶亲 |

红缨马鞭

HONGYING MABIAN

猪肉烩酸菜

猪肉烩酸菜

梦中的呼喊

已到秋收的季节，天刚亮，雾蒙蒙的。九老汉轻轻地呼唤着熟睡的儿子："喜子，快起吧！"

喜子从被窝里伸出胳膊，使劲儿伸了伸，眯缝着眼睛，睡眼蒙眬地看着父亲。

这时候，大队部院中央矗立的电线杆子上架着的高音大喇叭传出了队长的吆喝声，话音拉得很长。"社员们，今天到大草地剜甜菜了。男人们拿上铁锹，女人们拿上菜刀。狗蛋儿先领着大伙儿干！快点——出工哇！不要磨蹭啦！狗——日——的！"

"你去不？"九老汉直瞪瞪地瞅着睡觉的儿子说。

"去——"喜子一骨碌从被窝里爬出来，很快穿好了衣服。

"赶快吃饭吧，饭在锅里热着呢。"九老汉坐在炕沿边，嘴角含着旱烟袋，瞅着热气腾腾的锅"吧嗒、吧嗒"地抽着烟说。

常年艰苦的劳动和生活上的压力，使九老汉不到五十就得了一身病，浑身痛，总咳嗽，还睡不着觉。天还黑黢黢的时候，他就起来给儿子做好了饭。

猪肉烩酸菜

喜子匆忙跳下地，从风箱板的夹缝里抽出一把菜刀，然后揭开锅盖，拿了两个热乎乎的窝头，拔腿就往门外走。

九老汉急忙呼喊他："你回来！拿菜刀干甚去？"

喜子停住了脚步，扭回头。

"你大叔（指队长），让男人们拿——铁锹。你拿上菜刀，这是……"

"你就别管了！"

喜子麻利地抬起腿出了家门，顺手提起台阶上的筐子，取上绳子，连菜刀一同放进了筐子里。

他从衣兜掏出窝头，一手提着筐子，一手拿着窝头，边走边吃，还比画着体育老师讲授的太极拳的基本动作。一溜烟儿不见了人影。

眼瞅着儿子的背影，九老汉放下烟袋，慢慢地欠起身走下地，对着家门口自言自语起来："哎！你看这孩子！"满脸无奈的样子。

不大一会儿，饿了一夜的猪冲出猪圈的栅栏，"哼、哼"地拱家门，使着劲儿号叫。九老汉又自言自语地说："灰东西！去了、去了……今儿就能让你美美地吃一顿。"

要说喜子，今年才十几岁，从小就没了母亲，硬是奶奶把他拉扯大。奶奶去世，剩下父子俩相依为命。按理说，现在的年龄正是上学的好时候，可正赶上"文化大革命"，全校都在停课闹革命。

喜子所在学校里的学生也不安定了，每天上学就是写大字报，提着墨满街写标语，要不就是游行集会，把给他们教书的老师当作所谓的反动学术权威进行批斗。

对于这些，九老汉心里始终有个疑惑解不开：古往今来，学生就要有学生样儿，咋能干那些事儿？

没多久，九老汉就看见自己的儿子戴上了印有"红卫兵"字样的红袖章，每天狐假虎威的，显得挺忙乎。

九老汉问儿子："你每天到学校干甚了？"

喜子说："闹革命，写大字报，批斗老师！"说话时脸上还露出很得意的神情。

突然，面相和善的九老汉腾地从炕沿边站起来，大声地问："你说甚？！"

喜子看到父亲生气的样子，低下头，不敢言语。

听了儿子的这些话，九老汉当下感到全身的血刹那间直往头上蹿，头像是要爆炸一样地痛。他嘴里不停地嘀咕着："上学容易吗？上学容易吗……好容易供你上了中学。不上学、斗老师……"

那一天晚上，直到深夜，九老汉翻来覆去怎么也睡不着觉，一门心思地还是想着这事儿："学生不上学，老师不教书，学生斗老师，成什么事了？从古到今，'做甚的谋甚，讨吃子谋棍'，上面的领导也不管……"

九老汉怎么想也想不通。以前他自己是没钱上学，现在儿子好容易能上学了，又成这样。他见过斗地主的，可没见过学生斗老师的，那谁还教你识字？

"唉——"九老汉深深地叹了一口气。他翻了下身，又看到儿子衣服上的袖章。他记得以前见过戴袖章的，那还是在新中国成立前……

那次，九老汉跟父亲推着独轮车，拖着土盐进归化城换粮食。这是父亲第一次带他进城，他高兴得不得了。归化城在村子的正北方，离他家不太远，大约有五里路。一路上，他和父亲有说有笑，很快就到了。

刚要进城门口，迎面就冲过来一队穿黄色衣服、佩戴着"袖章"的横冲直撞的日本人和一队穿黑衣服、戴着"袖章"的气势汹汹的伪警察。他们像一群在草原上围猎的野狗一样，疯狂地封闭了整个城门，挡住了

猪肉烩酸菜

老百姓出入城门的去路，然后野蛮地对过往的行人进行搜身、查物，像流氓一样猥亵妇女，趁火打劫。

顷刻间，城门口打骂声、哭喊声、呼救声连成一片，笼罩着整个天空。

九老汉害怕地躲在父亲的背后，眼见一名戴着袖章的日本人，不分青红皂白地举起刺刀就向独轮车上装盐的袋子捅去。独轮车被捅得摇来晃去，日本人接着又用刺刀冲着袋子连捅几下，袋子里的盐哗哗地往地上流。日本人一看是盐，便摆手示意两个伪警察强行推走。那两个伪警察就像两条疯狗一样，抢到装土盐的独轮车就走。

父亲紧紧握着独轮车不放手，哀求道："老总，我就这一点儿东西，还要用它换粮食呢……"

身后的日本人回过头，狂喊："八嘎！"转身抢起枪托朝父亲的脑袋砸去。父亲害怕砸到儿子，连忙用一只手护着他，结果枪托狠狠地砸在了父亲的腰上，致使父亲的腰落下了终身残疾。

说起土盐，在新中国成立前后，可是这个村子里的土特产。家家户户都有制作土盐的池子，家庭富裕些的人家池子会多一些，还雇着人干活。

村子周围的土地，全是盐碱地，没办法种粮食。每年春天，风一吹，大地白茫茫的一片全是盐土。人们把地上带盐的土扫成一堆，运到挖好的池子后，经过晾晒加工制作成盐。

"靠山的吃山，靠水的吃水"，村子里的人们祖祖辈辈就靠制作的土盐来换取粮食和生活用品。

再说九老汉，睡到了五更，脑子里出现了幻觉……

他仿佛看见儿子正在教室里上课，老师给他们讲授着《三字经》，忽然间，又看见儿子和一群都戴着袖章的学生正排着队，举着旗，喊着口号，在一个大个子、拿着喊话筒的学生的指挥下，拉着"挂牌子"的几位老师游街……

他看到后，急得使劲儿喊："孩子——你回来！这事儿咱们做不得……"嗓子喊得快要冒烟了，儿子也不听，还是跟着去了。他气得浑身颤抖，全身发软，感觉到站着很吃力，只好蹲着，全身直冒汗。

梦中的呼喊，惊醒了九老汉。

他睁开眼睛一看，才发现原来是一场噩梦。他深深地叹了一口气，抬起手，用袖子抹了抹额头上的汗。

这天，早上一起来，九老汉说什么也不让喜子去上学了。

"一日之师，终生父母。这事儿，咱们可做不得！这是'大逆不道'！"

"那，不上学干甚呀？"喜子低着头，不服气地嘟囔着。

九老汉话语生硬地说："干——啥？回——家！在队里劳动，干一天活儿，还能挣三分工。"

喜子也是那听话的孩子，自从被九老汉说了后，真就在村子里跟着人们干起了活儿，再也没去学校上学。

猪肉烩酸菜

遇到相好的

今儿个，喜子穿了一件又肥又长的蓝大褂，后面都包住了屁股。袖子挽得老高，裤子的膝盖处用粗针缝着俩大补丁，脚上的球鞋磨出了白毛边。乱纷纷的头发，足有一寸长；脸，又黑又瘦；唯独那一双眼睛，亮晶晶的，很有神气。

当喜子赶往生产队大队部时，狗蛋儿已经召集男女社员们出发前往甜菜地了。

在那个年代，生产队常年不分红，社员们就靠在家里养猪呀羊呀鸡呀等，卖点儿肉和鸡蛋，换点零钱维持生活。

这个季节，家里喂的牲口基本上都断了顿，没食了。大伙儿早就开始打听剜甜菜的时间，一来出工可以挣工分，二来弄回的甜菜根和甜菜叶能给猪娃子当饭吃。所以在这一点上，人们表现得都很积极。

甜菜地在村子的东头，离村子大约有五里地远。

秋高气爽，蓝莹莹的天，空中万里无云。太阳已经爬上了山顶，向人们绽放出灿烂的笑脸。大地披着绿装，星星点点的小黄花点缀在绿草地上，饱含着露水，随着微风轻轻地摇摇摆摆。远处，几匹马悠闲地吃着草，时不时地甩甩尾巴。百灵鸟在半空中，扇动着翅膀，张开鲜艳的嘴，唱着动听的歌。

大自然的景色美得像一幅色彩浓重的图画。

社员们习惯走草地上的羊肠小道，沿着小路，人挨着人，排成了行。身穿各色衣服的男女社员们行走在凹凸不平、弯弯曲曲的小路上，自然而然地也随着路线形成一条弯弯的曲线。远远望去，一会儿高，一会儿低；一会儿左，一会儿右，真像迎着太阳在绿草地上舞动的五色彩龙，漂亮极了。

随着微风，不时地听到年轻的社员们的各种调情声、嬉闹声……

最活跃的要属村子里大名鼎鼎的胖嫂了。她已经三十多岁了，很虚荣，喜欢炫耀，人们私下里叫她"烂裤裆"。

此时，她生怕别人不知道她似的，说话的声音又高又尖："呀——呀！狗蛋儿今儿个喜眉笑眼的，该不是你家媳妇又给你生了个胖儿子吧？"说起话来，摇晃着脑袋，晃动着像老母猪一样的大屁股，言语中带着一种撩人的味道。

"她？我自己生呀！"

"看你能的！要是男人能生，尾巴都翘到天上去了！"

大伙儿听了，"哈哈哈"地笑了起来。

狗蛋儿脸红脖子粗地说："胡闹球甚了，不欢欢儿走路。"

胖婶又转头斜眼向后看，也不知道在对着谁说："嗨！嗨！你看后面那个喜干猴……也来了！"

跟在胖嫂后面邻居家的二姐听着不顺耳，回敬了她一句："你管人家干甚！"

"咋啦！你看上人家了？你看他那干猴子相，离爬肚……还早着

猪
肉
烩
酸
菜

呢！嘻嘻……”

“放屁！”

二姐说完，把大辫子往身后一甩，急走了几步，到前面去了。

跟在后面的喜子，听见前面有人在嘲笑他，脸红得像发烧似的。只是用乌黑的眼睛直瞪瞪地看着，嘴里絮絮叨叨的，却没出声——他不知道该说些什么。

耳不听，心不烦。喜子故意落在人群的后面，一会儿蹲在小路上看屎壳郎推粪球；一会儿拔上一根嫩草，从虫洞里吊出小虫喂蚂蚁，然后看那些可爱的小东西忙忙碌碌，相互争夺食物；一会儿倾听紫褐色的通体光亮的蟋蟀扇动着翅膀发出单调的“嚁——嚁——”的求偶叫声。

“快点儿，喜子！”

忽然，听到有人叫他，喜子一路小跑，到了甜菜地旁的小河边。二姐正焦急地等着他。

二姐在家排行老二，上面还有个哥哥。喜子和她家是多年的老邻居，一直相处得很亲近，关系很要好。

二姐二十出头，身材颀长而匀称，五官端正秀美，圆圆的脸红润润的，眉毛又黑又细，长条的眼睛里闪动着率直的光芒。还有她背上那条又黑又长的大辫子，好看极了。

见喜子过来了，二姐用手扶着他的肩膀，关切地说：“要过河了，你乱跑甚！”

甜菜地旁的小河是南北走向，属黄河水系的一条小溪流。河面不算太宽，但水流得很湍急，水面绿油油的，清澈见底，像一面大镜子。成排的杨树、柳树在水面中的倒影一弯一曲地蠕动着，像醉汉一样，哗啦啦的流水形成了道道皱纹和一个个小旋涡。河两岸的芦苇和蒲棒里，时不时地传来叽叽喳喳水鸟的叫声。微风拂过，淡淡的河泥味扑面而来。

小河上有一座小桥，是人们临时搭建的，离河面足有两米高，看上去十分简陋。桥墩是用砖垒成的，桥面则用圆木棒两根一组分两段搭成。

喜子蹲在二姐身旁，双肘支在腿上，两手托着腮，凝视着小桥，等待过河。

年轻的男女社员们很快就过了河，每个人的脸上都露出得意的笑容，然后看着后面过河的人们。有的从口袋里掏出旱烟袋，蹲在那儿慢悠悠地抽着烟，过烟瘾；有的嘻嘻哈哈地笑着看热闹；有的故意说着风凉话……

尤其遇到姑娘们过河，总会有那么几个调皮、爱捣乱的小伙子，拍着大腿使劲儿地喊："跌下来呀！跌下来呀！"故意吓唬人。假若看到有人歪歪扭扭，特别是女孩子在桥上走，便会仰起头哈哈大笑。一些胆子小的女孩子只好爬着过桥。

站在河边的狗蛋儿着急地喊："不要起哄了，快让他们欢欢儿地过河哇……闹球甚了！"

突然间，喜子向小桥跑去。

"干甚去？慢点儿！"二姐在后面大声喊。

顺眼看去，跟在人群后面正过河的福泰老汉脚尖顶着脚后跟，摇摇晃晃，眼看要掉下河去。

喜子气喘吁吁地跑过去，急忙用手紧紧扶住福泰老汉的腰，轻声说："慢点儿，福泰爷爷，我来挽您过吧。"

由于喜子动作快、脚下用力猛，踩得搭桥用的圆木棒直转动，惹得还在桥上的人一个劲儿"哎呀、哎呀"地喊叫。

猪肉烩酸菜

103

突然，只听见"扑通"一声，胖嫂掉下了河，河面上溅起了很高的水花，河堤上的人们见了，"哈哈哈哈"又大笑起来。

不知谁在一边起哄，喊道："干脆脱了衣服，洗个澡算了……干干净净的。今晚，他大哥一定很高兴！"

"哈哈、哈哈……"

胖嫂喘着气爬上河提。河水咕咕的响声和塌陷回去的淤泥，填补着胖嫂留下的"空白"，一股奇异的臭气从河里扑鼻而来，真臭！

胖嫂下半身全被水湿透了，裤子紧紧地裹在大腿上，乍一看去，就像一个分叉的大红萝卜。脸上、头发上全是水和泥，顺着头发和脸直往下流，冲刷过眼睛、嘴巴后，又跟衣服上的水汇集在一起。

一上岸，胖嫂便对着人群指手画脚，没完没了地大骂起来："哪个王八蛋干的……姑奶奶也没挖你们家的祖坟！"唾沫星子喷得老远、老高。

过了一会儿，在一边站着的福泰老汉从身后的裤腰带上慢慢地抽出他的旱烟袋，点了一袋烟，看了看胖嫂，然后慢条斯里地说："行了，行了！她大嫂！"

狗蛋儿也使劲地呼喊："行了，大家都别闹了，赶快往地里走哇！"说完，急忙用袖子胡乱慌张地给胖嫂擦拭着身上的水，并积极招呼其他人帮她清理身上的脏东西。胖嫂的脸上这才露出了笑容。

社员们都着急地向河堤上走去。二姐看到，后面有两个中年妇女，肩挨着肩，一边走路，一边指着胖嫂悄悄地议论着。其中一个说："哎，你看！刚才还像个泼妇一样疯骂人，现在又眉飞色舞的了。"另一个接着说："这，你还不知道？你看人家好的，遇到相好的了呗！"

"嘿嘿！嘿嘿嘿……"两个人笑得前俯后仰、歪歪扭扭的，眼睛都眯成了一条缝儿。

偷情惊动了玉米地里的鹌鹑

站在河堤上望，紧靠一块玉米地便是一片黑黝黝的一眼望不到边的甜菜地。

正在甜菜地里捕食小蛾虫的灰色家雀被突然到访的人群惊吓到，飞得很高，好一会儿才落下来。颗颗甜菜长得齐腰高，甜菜叶上挂满了珍珠般的露珠，甜菜根都露出了地面，仿佛一张张笑脸，欢迎着社员们。

望着眼前好一派丰收的景象，社员们的心里按捺不住兴奋和喜悦，一个个眉飞色舞的。很快，大伙儿挖的挖、削的削，拉开阵势热火朝天地干了起来。

狗蛋儿把胳膊上的袖子撸得老高，双手拄着锹，站在甜菜地的中央位置。他摆出一副民兵连长的架势，环视了一下正在劳动的社员们，清了下嗓子，讲起话来："哎——大家都知道，甜菜是咱们北方做糖的主要工业原料，很值钱。这块甜菜地是我们大队唯一的经济田，今年分红就全靠它了。所以咱们一定要保质保量，争取卖出好价钱！剜完剩下的甜菜叶收工时平均分摊。削下的甜菜片，还按老规矩，谁削归谁，多拿就得多干嘛，鼓励大家多干活！"

狗蛋儿是队长的本家，也是小队长。村里人对他私下各种议论：有

猪肉烩酸菜

的说，狗蛋儿是个好后生，农活儿样样都会，心细，也敢干；有的说，这孩子，靠他本家当队长，说话办事占地方，有点儿不近人情；有的说，哎，那个年轻人，就爱和女人鬼混，见了就不想走了……

听完狗蛋儿讲的话后，喜子心里暗暗地高兴，心想："菜刀可是拿对了，今天一定得多削点儿，以后就不愁家里那口大黑猪没吃的东西了……"

剜甜菜的工序比较简单：男人们剜起甜菜后，堆成堆，女人们则采取自愿组合的原则，围坐在甜菜堆旁，砍去甜菜叶子，刮掉上面的泥土，再削掉根底的皮——白白净净的甜菜就算加工成成品，可以上市了。

喜子和二姐两个人围坐在一堆甜菜堆旁，很快就干起来了。

在他俩身旁边的胖嫂扭过头说："喜、喜干猴……"

二姐瞥了她一眼。

胖嫂没趣地伸伸舌头、缩缩脖子，做个鬼脸，又说："喜子，今儿也削甜菜呀？"

周围的人谁也没抬头，谁也没吭声——大家都没工夫理会她，只听见"哗啦、哗啦"剜甜菜和砍叶子、削皮的声音。

喜子削得很麻利也很迅速，很快就削下一大堆。

二姐在一旁吩咐道："慢点儿，慢点儿！不能太快了！"

喜子听后，微微抬起头，露出一口白白的牙齿，只是憨憨地笑。他一边干着活，一边还扮着鬼脸，不住地逗二姐开心地笑。

"啊——呀！" 突然，喜子不由自主地喊了一声。

"咋啦？咋啦？"二姐急忙问。

喜子慢慢地翻开左腿上被砍下的甜菜叶子，脚腕上露出一条血口子，足有两公分长，鲜红鲜红的血直往外流。

二姐忙掏出手帕要给他包扎。

喜子却从地上抓起一把泥土就往血口子上堵，然后咬着牙、忍着痛，用手紧紧地压住脚腕上的血口子。

血，还是从他的手指间流了出来。喜子又抓了一把泥土堵上去，继续使劲儿地压着，头上都冒出了汗。

"那样不能！要化脓的！你疯了！"二姐一边喊，一边将身体挪动到喜子身边，为他包扎起来。

正在这时候，狗蛋儿扛着铁锹走过来了，冲着他们问："你们这是在干甚了？"接着又问，"哎，喜子，你咋没去剜甜菜呀？"

喜子一声没吭，低着头继续削甜菜。

狗蛋儿见喜子不理睬他，自顾自地干着活儿，感到自尊心受到了伤害，气儿不打一处来，脸一下子变成紫色，像一只要吃人的老虎一样，张着嘴大声吼起来："问你话了！"两只眼睛睁得圆圆的，冒着火花，直瞪瞪地盯着喜子。之后又抬起一只脚，跺着地，咬着牙，用尽吃奶的力气，狠着劲儿，把扛着的铁锹插在地上，气势汹汹地说："你——你看你，'老母猪'搂窝了，弄得一大片，像个甚？！"

二姐气不过，愤愤地说："你看，他刚才砍得都流血了！"

这话，并没有引起狗蛋儿的同情。他把嘴巴使劲朝一边咧着，说："男人干球不了这营生！"看也没看一眼喜子，又说，"这不是把铁锹？拿上！快去挖甜菜吧！"

"就是嘛！男人家，削甜菜来了，也不怕别人笑话！"胖嫂见狗蛋儿在这儿，凑过来添油加醋地说。

"关你屁事！"二姐狠狠地瞅了胖嫂一眼，回了她一句。

"还不快去！"狗蛋儿又大声喊，粗声粗气的，带着强制、命令的

猪肉烩酸菜

107

口气。

喜子的眼里水汪汪的，低着头，心里真想骂他几句。一瞬间，他又想起父亲经常嘱咐他的话："咱们小门小户，出去有事忍着点儿，可不要得罪人家！"

喜子没作声，仍旧埋头干活。

看喜子纹丝儿未动，也不吭声儿，狗蛋儿更加来气，眼睛睁得跟牛眼似的，脸色由紫色变成苍白色，脖颈憋得老粗，血管像蚯蚓一样突突地跳动，浑身打颤，嘴角泛着白沫，骂骂咧咧的。

突然，他腾地飞起一脚，将喜子甜菜堆旁的筐子踢得老高，跌在地上翻个几个跟头，烂成了几瓣。里面削下的甜菜片，撒得到处是。然后，狗蛋儿气急败坏地使劲从地里拔出铁锹，提起来就走，嘴里还念叨："你干也白干，不给你记工分！"

周围的社员看到刚才的一幕，被狗蛋儿这突然的举动惊呆了。

就在这一刹那，刚才那热火朝天干活的场面一下子不见了，周围的一切仿佛静止了、凝固了。社员们有的低着头慢慢地继续干着手中的活儿，有的偷偷地抬眼瞅瞅离开的狗蛋儿，有人用怜悯的目光看看喜子。

甜菜地里的气氛突然间变得紧张起来，死气沉沉的。

二姐气愤地紧咬着牙关，用手指着狗蛋的脊背，大声说："你——真不是人！"

喜子猛然间站起来，左手紧攥拳头，右手拿着菜刀，眼睛红红的，直冒火，恨不得冲上去劈他一菜刀。

二姐看透了他的心思，大声喊："喜子你干甚？坐下！"

喜子深深地咽了一口唾沫，长出了一口气，用手背擦了擦脸上的泪，强烈地克制着自己，心里默念：不能给父亲惹事。

他慢慢地、慢慢地坐在地上，嘴里小声嘟哝着："不给记就不记，反正也给不了几分工。"又继续干起活儿来……

二姐关切地问："痛不痛了，喜子？"

"嗯，不……不痛了。"看得出，他心里还在想着刚才这事儿。

"不行，咱们找队长说去！"二姐说。

"不用！"喜子说。

"不要理他，看他能咋样！"二姐喋喋不休地劝着。

"嗯。"喜子低垂着头，说话声音很小，眼泪夺眶而出，滴滴答答不住地流，掉在地上跌成好几瓣。他紧咬着嘴唇，嘴唇由白变紫、变硬。过了一会儿，他又用袖子擦了擦脸上的泪，慢慢悠悠地削起了甜菜皮，眼神恍恍惚惚，不知在想什么……

又过了一会儿，喜子忽然间又站了起来，右手抓住左手的一根手指头，拔腿就朝玉米地的方向跑去。

"又干甚去？"二姐冲着喜子喊。

见他没回声，再一看是去玉米地，低声嘟哝："这孩子，撒泡尿，跑那么快干甚！"

喜子如同水里的鱼儿一样，灵巧敏捷地钻进了茂密的玉米地里，全然不顾，急忙解开裤子，就往手指上撒尿，热乎乎还冒着气儿的尿液，冲着鲜红的血，顺着指头往下流，连地上的土地都被染红一大片。

万物皆有灵。金黄色的玉米一个个都露出了脸，咧着嘴都在望着他。人们常说，十指连心。这话真不假，钻心的疼痛使得喜子直甩手。

可这办法还真不错，真应了老人们说的——童子尿能治病。

血，竟然神奇般地给止住了。

猪肉烩酸菜

109

喜子左手食指上的指甲全掉了，露出一块粉白鲜嫩的肉。啊呀！看上去都——瘆人。

这时候，他忽然隐隐约约听到玉米地深处有动静，侧耳听着。一个女人小声说道："哎，不，不要了！好像有人来了！"然后是一个男人的声音："哪有人了？管球他的了！"紧接着听到玉米秆子发出一阵"咔嚓、咔嚓"的响声。"呼啦啦！"一群偷吃玉米的鹌鹑被玉米秸秆发出的声音惊吓到，向天空远远地飞去。

喜子定睛看去，看到的竟是——胖嫂。只见胖嫂猛然间站起来，头发纷乱，满脸是汗，硕大无比的奶头裸露在衣服外面，挂在胸脯上。

喜子调转头就往回走，"哧——"一只脚踩到不知谁拉的一坨屎上，差一点儿摔倒。

"呸！"他猛回转头，就地吐了一口浓厚的唾液，回到了甜菜地。

在甜菜地里干活的社员们好像有使不完的劲，尤其是削甜菜的，仿佛在搞竞赛似的，一组比一组快。喜子和二姐这一组明显地被落在了后面。

喜子回到甜菜地，一屁股坐下，强忍疼痛，低着头又干起活儿来。

二姐用关切的眼光看着他，说："咱们不要看他们，慢慢儿干，啊！"

喜子抿着嘴，低头咽了口唾沫，忙抬起头，对二姐微微笑着回应道："嗯、嗯！"边说边点头。

手指头钻心的痛和心中的痛融合在一起，谁也无法体会到喜子内心的痛苦，只有他自己知道。但他得默默地忍受着，把痛苦深深地埋在心里，装出一副若无其事的样子。

二姐自言自语："唉——这孩子！"深深地长叹了一口气，一边干活儿一边看着旁边的喜子。

闹洞房，听喜房

社员们做起营生来，感觉时间过得特别的快，一会儿工夫太阳已升得老高，眼看着快到晌午了。

这时候，不知谁大声喊了句："队长来了！"

只见队长骑着一辆破旧的加重飞鸽自行车，到了地头。

队长看上去五十多岁，阴着脸，像是谁欠了他两百钱似的。他一下车就问："狗蛋儿在哪了？"周围的人都没吭声，只是指一指玉米地。

"在哪儿了？！"声音很沉重，像是生气了。

周围的几个人还是谁也没吱声，又给他指一指远远的玉米地。

队长顺方向一看，指的是玉米地，便说道："狗日的，懒驴上磨屎尿多！"然后，用手扶着一条腿，往地里查看人们挖甜菜的进展和削甜菜的质量去了。

不一会儿，狗蛋儿和胖嫂俩人一前一后悄悄地回到了甜菜地里。人们都用异样的眼光看着他俩。胖嫂似乎感觉到了周围人的目光，有些不好意思，忙说："啊呀！尿了一泡，这下全身可痛快了。"大伙儿听了，都偷偷地发出了笑声。胖嫂急忙坐在地上埋头干起了活儿。

二姐狠狠地瞪了他们一眼，自言自语道："人活脸面树活皮，真是

猪肉烩酸菜

不要脸！"

其实，狗蛋儿和胖嫂那点儿事，在村里已经不是什么秘密了，可以说是家喻户晓、人尽皆知，而且还成了人们茶前饭后的谈资。特别是一些爱管闲事、爱嚼舌根的女人们，更是热衷于聚在一起聊这个话题。

据说胖嫂家家境不太好，子女又多。在她十三四岁的时候，她爹妈要了高金聘礼，早早地就把她嫁到了这个村子。

刚到这村子时，人们都夸胖嫂女婿拴柱是上辈子积了德才找了这么个好媳妇。胖嫂逢人见面，说话就脸红，然后就是对人笑。结婚后，她发育得更加成熟：浑圆的臀部，结实的臂膀，还有丰腴的胸部。

村里人常说，屁股大、奶子大，好生娃。没过多久，拴柱家果真就添一个大胖小子。胖嫂的婆婆和公公乐得都合不拢嘴了，逢人便不住劲儿地夸儿媳。

在那个年代，村里的媳妇给小孩喂奶几乎从不分场合。不管什么时候，只要看见孩子哭，撩起衣襟，掏出白晃晃的奶头就往孩子的嘴里塞。孩子有时哭闹着不吃，便抓住奶头往孩子的嘴里挤，溅得四处都是白白的奶汁。

有一天，胖嫂给孩子喂奶，不知道什么原因，孩子不停歇地又哭又闹。站在一旁的婆婆眼瞅着，竟着急地对孩子说："快吃吧，不吃，奶奶吃呀！"

这话，也不知道被哪个快嘴翻舌头的给听到传了出去，添油加醋一番后，越传越广，越传越离谱，最后变了味儿，竟变成了"公公要吃儿媳的奶"。

有一段时期，这话成了村里人的笑话。时常在吃饭时被人提起，一说起"快吃吧"，满屋子的人就开始哄堂大笑。

人们常说，人在家中坐，事从天上来。

也不知从什么时候，拴柱染上了赌博，放着好端端的日子不过，输下一大笔赌债。为了还债，拴柱深更半夜盗砍集体的树木拉去卖钱，结果发生了意外，搭进去自己的一条性命，留下了年轻的媳妇儿和未成年的孩子。

狗蛋儿和胖嫂两家是邻居，关系一直相处得很好。两家之间的院墙也不高，跨腿就能过，甚至连做饭的声音和味道也能听得到、闻得见。

狗蛋儿上面有一个姐姐，那时候他大概也就八九岁，是她姐姐的跟屁虫。孤儿寡母的胖嫂晚上睡觉害怕，狗蛋儿的姐姐每天晚上就到胖嫂家陪睡做伴，狗蛋儿便也跟着去，和她们通睡在一条大炕上。

转眼间，一过四五年，狗蛋的姐姐要出嫁了，晚上陪胖嫂和她儿子睡觉就成了问题。胖嫂的儿子听说狗蛋儿晚上不能陪他们睡觉，再也和他玩不成了，就不停地哭哭闹闹，谁说也不听，怎么劝也不行。胖嫂的婆婆、公公见此情况，只好同意狗蛋暂时留下来，每天晚上陪胖嫂她们娘儿俩睡。再说，一时也找不上一个合适的人，就这样，狗蛋儿也就一直陪睡着，不知不觉，一年多的光景就这样过去了。

某年的一个夏日，村里有一家结婚办喜事。这里有晚上闹洞房、听喜房的习俗。

夜深人静，炎热的天气已经泛凉，大地上弥漫着淡淡的青草香，偶尔能听到几声猫头鹰的叫声。

夜空中，月亮被云彩挡住了半张脸，零碎的几颗星星闪烁着，如同没电的村庄在漆黑之下点亮的油灯。

两个调皮的小伙子结伴同行准备去听喜房。由于村子里家家户户的院墙都不高，俩人商量着不走大门，专抄近道走，爬墙过院。穿过胖嫂

猪肉烩酸菜

113

家的院子，再过一道墙就是要去的喜房。

两个小伙子像是偷东西的小毛贼一样，悄悄地走到院墙根。前面的小伙子正要翻墙过院，突然从墙对面院刮来一股旋风，风中带着从猪圈里传来的酸臭味，那小伙子被呛得捂着鼻子退了回来。

这时，后面的小伙子慌慌张张地急忙用硬邦邦的手指捅前面小伙子的屁股，好像发现了什么，一边捂着嘴，一边用手指着胖嫂家，惊讶地发出"嘘！嘘！"的声音。

顺着手势，俩人定眼看见胖嫂家里的油灯灭了。

时而近，时而远，从屋子里传出了说话声……

两个小伙子像抓老鼠的猫一样，猫着腰，轻轻地提起脚，潜伏到胖嫂家的窗户底下，好奇地将耳朵贴近窗户，静静地听着屋里面的动静。

"狗蛋儿，过这儿来，今儿和嫂子一块儿睡……"说话低声细语，让人听得很费力。

似乎熟睡的小孩子翻了个身，胖嫂忙去哄着又睡着了。

"哎！做甚呀？你的姐姐不如我妈的好摸……"狗蛋儿不情愿地一边说，一边向她身边拉着被褥。

胖嫂看着他的无知、羞怯和慌乱，一靠近就把他紧紧搂住，把丰满鼓胀的奶子毫不羞怯地贴紧在他的胸脯上。

她缠抱着他，狂热地抚摸他，亲完他的脸紧跟着就亲他的嘴。

老乡常说："哪有干柴见火不着的？"当他进入她的身体时，她的身体猛地抖颤着，嘴里发出"啊、啊"的叫声……不是痛苦而是沉迷、满足、幸福的声音。

过了一会儿，里面传来一阵阵的嬉笑声，还有粗声粗气的出气声。

前面的小伙子，用左手的食指放在嘴里，抿湿了指头，悄悄地在纸糊窗户上捅出一个手指大的窟窿，然后将眼睛贴上去往里面瞅。

只见狗蛋儿点亮了油灯，在微弱的灯光下，正出神地看着睡卧在炕上的胖嫂：胸前那饱满硕大的乳房，在油灯微弱的光线下，朦朦胧胧的，膨胀得像两座亭亭玉立的奶头山，展示着生命的源泉和一种特有的母性的成熟韵味。

今天晚上的他，感到无比兴奋，此时的他真想给她一切，完完整整，不留一丝一毫。

胖嫂的眼睛湿润润的，也许因为太激动了，不多一会儿，就用身边的衣服擦拭了下眼睛，然后用恍惚迷离的双眼直瞪瞪地望着对面的人，如同母亲要拥抱亲吻小孩儿一样，向他伸出了双手。

狗蛋儿感到下身又膨胀起来了，疯狂地向胖嫂的身子扑了过去。俩人一样的热烈、一样的贪婪、一样的不知满足，又折腾起来。

突然——

"哗啦"一声！

"什么声音？"

"大概是——野猫！"

见此情景，俩小伙子互相示意着，屏住气，提起脚跟，疾步走到大门口，也顾不上不小心碰掉了窗台上的什么东西，推开大栅栏门，撒腿就跑。一口气，俩人跑到村中央的大街上才停住脚，心通通地跳，气喘吁吁，全身冒热汗，然后对视着笑了。

没过几天，村里人，尤其是那些爱管闲事儿的"半道街"，把这事儿就给传开了。一些村民见了狗蛋儿家的人，在背后总也少不了嘀嘀咕咕、指指点点。

世上没有不透风的墙，纸里哪能包住火？

狗蛋儿家的两位老人知道事情后，说啥也不相信儿子会干那种事：

猪肉烩酸菜

十几岁的毛孩子，懂得啥！

狗蛋儿人小骨头硬，被他老子用水蘸麻绳的鞭子打得皮开肉绽，就是不承认，嘴里还埋怨，是他们二老打发他去做伴陪睡觉的。气得老人家好几天没咋吃饭。

他们在村里放出狠话：谁再胡说八道，就跟他没完！

随后，便默默地加高了自家的院墙，院墙垒得有一人多高，再也跳不过去人，自然也就看不着对院。见了胖嫂和胖嫂家里人，就像见了仇人似的，恨得咬牙切齿的。过去两家人如同亲家，现如今两家成了仇人。

狗蛋儿一下子好像长大了，说话粗声粗气，没了孩子样儿，在他脸上看不见一丝笑容。很快，他也开始抽起烟来，时不时地喝闷酒，逢人见面从不说话。

家里的老人到处托人给他找媳妇，可他说啥也不找，也不去相看，后来干脆不予理睬，急得老人家有苦没处诉。

胖嫂的公公和婆婆生怕儿媳丢下孙子另行改嫁，说也不敢说，骂也骂不得，满肚子气没处撒，整天愁眉苦脸、唉声叹气的。

事情过去半年多。

又有人说，看见胖嫂家的小孩领着狗蛋儿又去了胖嫂的家——真是狗改不了吃屎。

人们议论纷纷，也不知道那胖嫂用什么法子把狗蛋儿给迷住了，难不成真像书里说的"狐狸精"那样？

有一天，狗蛋儿的老母亲走到村里的街中央，看见一群人正围着看一对在吵闹的女人。

一个说："你咋知道人家学不好？"

"能学好？狗改不了吃屎。这不又去人家里了嘛！"另一个说。

"母狗不摇尾巴，公狗不敢上身。那是狐狸精勾搭……"

……

狗蛋儿的母亲一听，又是在说她儿子，白里透红的脸上顿时感到火烧火燎的。她低着头，踮起小脚，扭着腰就往家里走。

刚一进院，冲着老伴儿就喊："哎！你那小子不是人的，听说又去人家里了！"

"谁说的？是哪个烂了舌头的胡说八道？我去找他去！"

"他二嫂，正在大街上和那该死的'半道街'理论呢。"狗蛋儿家族门户大，"二嫂"是本家嫂嫂，是村里出了名儿的"老女人"，长得很丑陋，每天打扮得妖里妖气，最爱传闲话，拨弄是非。

"听说是隔壁家的小孩领着去家的！"

"狗日的，回来我打断他的腿！"

"打断腿？你咋这么狠！倒也不是你生的，可那是我身上掉下来的肉，我就这么一个儿子！"

"就你……就你……"

老汉被气得说话吐着唾沫，眼睛直直地瞪着老伴。

他蹲在窗台底下，从腰里抽出旱烟袋，划了好几火柴，才点着一袋烟，气得把半盒火柴一甩手，扔出老远，然后"吧嗒、吧嗒"地抽起烟来。

惆怅了几天，两位老人急急忙忙把姑娘叫了回来帮着想办法。

过了一年多，人们稀奇地看见狗蛋儿竟穿上了军装。

村里有人认识，说那是消防兵的制服。两位老人从此容光焕发，脸上挂满了笑容。

听说，是狗蛋儿姐夫家一个亲戚找人帮忙给办的。

"半道街"说："他们家门户大，什么事都向着他，还有啥办不成

猪肉烩酸菜

117

的？"

时光荏苒，岁月一直静静地向前流淌着。

最终，狗蛋儿因为是农村户口，三年后又转业回到了村里。不过，部队里确实是锻炼人，狗蛋儿回来后大变样：文化水平比以前高了，能说会道的；还勤快，外出办事也很利索。回到村里，队长很看重他，没多久就给他安了个'小队长'的头衔，很多事情都派他去办。

但是，狗蛋儿的性格和他老子一样，性子急，霸道，有时不讲理，没理也要争三分。

就是谁给说，也还是不找对象。

村里人窃窃私语：说不准，狗蛋儿这次回来还是奔那个狐狸精的，她把他的魂儿给勾走了！

老队长

狗蛋儿从玉米地里回来，看见队长来了，急忙笑着问："大哥，你来了？"

"狗蛋儿，你进城给每个人买点儿焙子，今儿个中午就不要回家了，一老晌哇！告诉会计先记上账。钱，年底再说。我刚才听广播，天气要变了，咱们得抓紧点儿。"没走出几步，回头又补充道，"对了！你再买上几个熟羊头，给大家每人也分一点儿。"

听了队长刚才讲的话，大家的脸上都露出赞许的笑容。

胖嫂在一旁笑得跟一朵花儿似的，说："啊呀，羊头肉夹焙子，太阳打从西边出来啦！今儿队长可咋舍得出血了！"

队长听见这话，"嘿嘿嘿"终于有了笑脸。

队长是在朝鲜战场上负伤后才回乡务农的。当初乡里考虑到他腿有残疾，便安排他在乡里的奶牛场工作。可是没过多长时间，他说死说活，坚决要求回家，说是每天捅着牛屁股，和牲口打交道没意思，还不如回家种地心里踏实。

他虽然大字不识几个，却在奶牛场里找了一位眉清目秀、有文化的

猪肉烩酸菜

姑娘。两个人结婚后，生了一个女儿。

在朝鲜战场上，他开始时是勤务兵。后来他再三请求，要上前线。因为先前的号兵牺牲了，部队首长看他机灵、勤快、聪明，让他当了号兵。嘿！他果然没辜负首长的期望，没几天就学会了吹号。

一次在战场上打冲锋时，他站在高坡上吹号，吹得又响又亮，特别鼓舞势气。敌人的子弹从他身边嗖嗖嗖地穿过，他站在那里稳如泰山，一直坚持到最后的胜利。

战争结束后，他立了功，受了奖，加入了中国共产党。

由于大腿穿过一颗子弹，小腿里有一块炮弹的弹片，所以他在做完手术后留下残疾，右腿行动就不方便了。

他说话时常带着脏字。

有一次，乡里开全体党员大会，那时候全国经济还比较薄弱，尤其是农村，连个专门开会的礼堂也没有，就在一座破庙里。

早早来参加会议的人们都有了座位。他因为腿脚不方便，行动慢，到达会场时凳子都被人占满了，他只好站着，可又站不太稳当，就准备靠在大门口的柱子旁听会。

新来的参加会议的工作人员看见他在大门口的柱子旁靠着，穿得又破又烂又脏，活像一个讨饭的乞丐，冲着他说："哎！这里开会呢！你要讨饭到其他地方去吧！"

他漫不经心地抬起头，用力揪一下帽檐，说："哎，我说小伙子，你球多大了？我入党的时候，你还在你妈肚子里呢！"

那小伙子一听，开始有点懵，后来马上反应过来了：啊呀，原来是一位老革命、老党员！赶紧从主席台上搬了一把凳子，恭敬地搀扶着他坐下，把他安置在前台下第一排听会。

那位小伙子正是新来的乡党委书记。

这件事轰动了整个乡。从那以后，他的名声就大了，大伙儿都知道了他这位老党员。而后，他被组织上推举当村党支部书记，后来又当上了队长。

队长自己不识几个字，吃了没文化的亏，因此一心培养女儿上学。女儿初小刚毕业，那个时候因老师太稀少、太缺乏，他就让女儿回村当了小学老师。随后，队长的女儿不断参加培训班进修，提高很快，一直留在了学校里。

要说吃，队长算是最有话语权的。他家中出了一个老师，能挣现钱，女儿又经常孝敬他，十天半月的，他就能喝点儿小酒。

他经常对人说："人活着图球个啥？不就是喝点儿、吃点儿！我的想法就是，让社员们生活过得好一点儿，要不活着还有球啥意思！"

社员们都亲身感受到了：自从他回村当了队长，社员们的分红一年比一年多，日子过得也一年比一年宽裕。村子里"种甜菜致富"就是他的主张，事实证明很有成效。

因此，这个队长深得人心，威信很高。

今天，他拖着一条残疾的腿来到甜菜地里和社员们干活儿，一直干到收工为止。

猪肉烩酸菜

队里晌午给分的焙子

　　大草地剜甜菜的人们收了工，社员们赶着回了家。甜菜地里先是蒙上一层从西山底下刮过来的湿漉漉的雾气，紧接着风卷着雨哗啦啦洒下来，甜菜叶被风刮得满地都是，空气中散发着青草和泥土的味道。甜菜地里隐隐约约还有两个人在忙乎着：喜子东奔西跑地捡拾着散落在地里的甜菜叶；狗蛋儿低着头不知在寻找什么，还生怕被外人看见似的左顾右盼着，他走到一堆埋甜菜的堆里翻了翻，忽然脸上露出高兴的神情。他斜视一眼喜子，慌忙把拿到的东西挟在胳膊里，扛着铁锹小跑了几步出了甜菜地 。

　　刚走到小河边，狗蛋儿就被一群疯狂的野狗挡住了去路。野狗足有四五只，个个骨瘦如柴，被雨淋透的皮毛发着亮光，肚子空瘪瘪地向下耷拉着，一看就好长时间没有吃上东西了。它们张着血红的大嘴，露着锋利的牙齿，围着狗蛋儿狂叫，头触着地随时准备出击。狗蛋儿一边喊一边驱赶着，野狗毫不退却，叫唤得更厉害了。领头的一只老狗这时退了几步，跃身向他扑去。狗蛋儿慌忙后退了几步躲了过去，他扔下手中的包裹，挥舞起铁锹来，脚底下滑得差点儿摔倒，吓得他出了一身冷汗，惶恐之中发出了恐怖的叫声。后面的一只野狗趁机叼着狗蛋儿扔下的包裹就跑，包裹里露出两只羊耳朵——原来包裹里包的是羊头肉——狗的嗅觉特别灵敏，这群饿急的野狗是顺着风奔着羊头肉来的。

在甜菜地里的喜子听到从小河边传来狗叫人喊的声音，背着菜叶就往过赶。眼前雾蒙蒙一片，喜子远远看到一群野狗正围着一个人上蹿下跳地狂叫，放下背上的甜菜叶，麻利地从旁边的小树林里用菜刀砍了一根树棍跑了过去。看见一只野狗嘴里叼着一个包裹要跑，喜子铆足全身的劲儿，迎面就给了野狗一棍，那狗"吱哇"叫着丢下包裹跑开了。狗蛋儿见有人来救他，趁机拿起衣服裹着的羊头肉，提着铁锹头也没回地过了桥。

恼羞成怒的野狗这时朝喜子扑来。喜子人虽瘦小但勤于锻炼，体质很好，不过驱赶那群野狗也花费了一番工夫，庆幸的是人没被咬伤。望着狗蛋儿远去的背影，喜子狠狠地朝地上吐了一口唾沫。后来听人们说，那两只羊头肉是狗蛋儿在分羊头肉的时候克扣下的，本想着一只送给相好的吃，另一只给他父亲吃。狗蛋儿有一次喝酒时失口说道："为了两块羊头肉差点儿叫野狗咬死！

喜子的父亲九老汉在家着急了！

喜子他们家住村东头，是老一辈留下来的院子。三间半土坯结构的正房，两间西凉房，剩下就是一圈草坯垒的院墙。喜子和父亲住在靠东边的两间正房里。

屋里的九老汉坐在炕头上就能看见出工回来的社员们。他看见村西头的福泰老汉和邻居她二姐都回来了，就不见自己的儿子。

说来也奇怪，每到这个时候，人们总是不往好处想。"出甚事了？"九老汉嘟嘟囔囔小声说道。

满身裹着臭稀泥的黑猪，在外面转悠了一下午也回了家。"哼哼"地拱着门要食吃。见没人理它，"吱——哼——"地叫得越来越劲，

猪肉烩酸菜

门窗上的玻璃被它弄得"哗啦、哗啦"直响。

九老汉抽开门闩，提起门背后立着的拐杖，猛推开门，喊道："滚！灰东西！"劈头打了猪一拐杖。大黑猪痛得"吱吱"地急忙往后退，惊得院子里的老母鸡、大红公鸡"咯咯！咯咯！"飞得老高，地上的尘土、鸡毛、柴草，被翅膀扇得满天飞。

九老汉抬起头，凝视着蓝莹莹的天，不远处，是随着风翻滚着的一团一团的炮弹云。成群的鸟儿也成群结队地急着往回飞。大队的大喇叭里播放的样板戏《智取威虎山》放了一半，此刻也停了。

九老汉长叹了一口气："唉——狗日的！这天气，像女人的脸，说变就变，一会儿一个样儿。"

他拖着沉重的身体，心事重重地在屋子里走来走去，时而拿起笤帚扫一扫炕席，时而拿起抹布擦一擦柜子，时而抓一抓自己的衣襟。然后就听到外面"唰、唰、唰"地响，地上出现了亮晶晶的雨点——下雨了。

"唉！这是咋的了？"九老汉又长叹了一口气，自言自语地说道。他从门背后拿起拐棍，又走到凉房拿了一条麻袋顶在头上，胳肢窝里还给儿子夹了一条，挂着拐棍，弓着腰，朝院门外走去。

白亮的雨点越下越大、越下越硬，紧紧密密地落下来。硬的雨点落到地面砸起许多尘土，土里带着雨气。大雨点砸在九老汉的背上，他哆嗦了一下。又一阵风刮过，黑云布满了天，空中突然雷电交加，一道道闪亮的雷电，一阵阵轰隆的雷声，紧接着是瓢泼大雨，向山峰、向草地、向树林、向整个村庄，倾泻下来。风、雨、土混在一起，连成一片，灰茫茫的、冰凉冰凉的，一切都被裹在了一起，整个大地好似都在颤动着、喘息着。

唉，可怜天下父母心啊！此时此刻，儿子就是他的一切，就是他的力量，就是他的向往。

九老汉顺着通往甜菜地的小路深一脚浅一脚地向前走着。

真是变脸的天。过了一会儿，风似乎小了，雨点也小了，抬眼望去，只见明亮的小路深处有一个小小的人影在晃动，就像蚂蚁驮着泰山在慢慢移动。

越走越近，越走越近……

"唉！这不是……喜子吗？"九老汉自言自语地说道。

九老汉疾步走到喜子身边，他使劲地看着儿子。儿子像是刚从泥河里钻出来一样，浑身上下全是泥和水，灰扑扑、湿漉漉的。喜子用手抹一下脸，露出两只明亮的眼睛，朝着九老汉憨笑。

喜子的头发上、脸上、衣服上和背着的甜菜叶上全是泥和水，顺着身子直往下流。喜子将裤腿儿挽得很高，光着脚丫，他后面刚走过的路上留下了深深的脚印。

猪肉烩酸菜

"背——这么多？"九老汉心痛地问。

"不多！"喜子往高颠了颠背上的甜菜叶，笑着说，"我把他们丢下的全捡起来背上了。"

"沉了哇？"

"不沉！"喜子看着父亲憔悴的身体，心痛地问道，"爸，你咋也来了？这么大的雨！"

九老汉赶忙把拐棍移到左手上，用右手抓起麻袋，一边往儿子身上披，一边着急地说："快，放下歇一歇哇！"

"不用，爸！你看，雨都停了！"喜子说完，又往高颠了颠背上的甜菜叶。

听儿子一说，九老汉这才抬头看。这时，雨过天晴，大地也归于平静。又看看儿子，身上的泥水还在往下流。

"给你，爸！"喜子从怀中掏出一个东西，递给九老汉。

"甚？！"

"焙子，队里晌午给分的。"喜子高兴地看着父亲，又说，"里头还有肉呢！"

九老汉用颤抖的手接过焙子，见焙子虽被雨水淋湿了一半，可还是热乎的，上面还有被牙咬过的两个嘴印子，顿时感到一股暖流流遍全身。

一向有着钢铁意志的九老汉，眼眶开始湿润，差一点儿流出眼泪来……

"爸，回家吧！"

这时，太阳也准备落山回家了。它像感觉到自己办错了事似的，躲在了云彩后面，遮住了脸，但在背后，却射出了万道霞光。

喂猪喂出了感情

经过社员们近一个多月早出晚归的辛勤劳动，甜菜终于剜完了。由于今年的甜菜个头儿大，加上精细加工，被刮得白灵灵的，所以一上市就卖出了好价钱。

社员们也都有了喂牲畜的好饲料。

甜菜的根块和叶子，含有一种叫甜菜碱的成分，是其他蔬菜所没有的。特别是甜菜削下的根片，具有"宝菜"的盛名，是最适合喂猪的好饲料，猪很喜欢吃，吃了就上膘。

喜子家的那头大黑猪，吃了这具有"宝菜"盛名的甜菜根，长得分外喜人，膘肥体壮的。尤其是它那一身黑膘毛色，像缎子面一样乌黑光亮。村里人看见它，人见人夸，人见人爱。

渐渐地，这头大黑猪也懒得到院外逛游、觅食了，一整天都在院子里卧着，闭着眼睛，甩着耳朵，看样子倒挺逍遥快活。只要看见喜子一回家，它就跑到主人的身边，抬起脑袋，竖起耳朵，两眼直瞪瞪地看着他，嘴里哼呀呀地直叫，等着喂食。

喜子看着黑猪享受地"吧嗒、吧嗒"吃食的样子，总会摸摸它的脊背，拍拍它的脑袋，心里甭提多高兴了。

猪肉烩酸菜

黑猪似乎也通人性，不时地抬头看看，用那乌黑明亮的小眼睛和喜子对视一下，然后继续甩着耳朵大口大口地猛吞猪食。

时间飞快，转眼已到了小雪时节。河面上结了冰，正是当地宰杀牲畜的好时候。杀猪，在农村可算得上是一件大喜事。这不，喜子和九老汉提前十多天就开始张罗，为杀猪做起了准备。

一口猪，是全家一年的指望。是自己杀，还是卖生猪（当地叫"毛猪"），九老汉琢磨了好几天。卖生猪的好处是钱整桩，但生猪收购站的人太苛刻，明明是一等猪非给你算二等价，还要刨掉猪肚里的下水，一点儿也不划算。自己杀猪的话，如果零卖，村里人爱赊账，钱一时收不回来；但能留下猪头、猪下水、猪血脖肉，还能吃上一顿杀猪菜，过一个好年。经过反复权衡利弊，九老汉拿定主意——自己杀。

眼看天气越来越冷，猪也快没吃的了，可就是杀猪的屠夫轮不上。好容易才定了日期，并说好用猪的两根肋条上的肉顶工钱。

杀猪，本来是一件好事。

可是，就在杀猪的前一天晚上，睡在烧过猪菜的热乎乎的土炕上的喜子却没有一点儿睡意……

外间屋里的白天烧过芦苇草留下的苦丝丝的味道，与称过猪菜的器皿上的残留物的发酸的味道掺和在一起，一阵一阵地直往人鼻孔里钻。

炕头上，面目慈善的老父亲正轻微地打着鼾。此时，老人家正在梦中，为儿子盘算着："猪杀了，尽量多卖点儿肉。想法子，也要买辆飞鸽自行车，一来给娃今后上学用，二来也能拖东西。"

喜子翻来覆去怎么也睡不着，满脑子的往事像过电影一样，一幕一幕从脑海中倏忽而过，恰似从奔驰着的列车窗口，观看转瞬即逝的电线杆一样。喜子想到小黑猪刚买来的时候，还是垫窝窝（最小）的，主人很便宜地卖给喜子家。那时，小黑猪的眼睛睁开并不多久，看起来两只眼睛还不是一样大。它还不能够吃盆里的东西，只是不停地打颤，眨着眼睛。父亲用两根手指轻轻地抓住它的脑袋，把它的小鼻子浸在盆里，小黑猪这才贪馋地吃起来，边吃边吹着鼻息。喜子在旁边看着，突然笑起来。

没想到几个月之后，当时的小黑猪居然变成了一口健壮漂亮的大黑猪。它有一对特别大的耳朵、一身闪亮的茸毛和一对灵活的大眼睛。它多情地依恋着他，时常跟在他的身后，不想离开他一步。他叫它"黑子"，村里人也很喜欢它。

"唉，明天就要杀了。"

呼呼呼的风声从窗户外传到喜子的耳朵里，他下意识地翻了个身。外面的小风儿不甘寂寞地挑逗着窗户纸，窗户纸像被挠痒痒似的一下一下地鼓动着。喜子还听到远方传来婴儿的哭啼声，接着是几句听不清的女人的低语声……这一切组成农村独有的气氛，越发加重了深夜的静谧。

……

一直到了深夜，喜子才慢慢地睡着。

猪肉烩酸菜

杀 猪

翌日，鸡还没叫过三遍天，喜子就被父亲从睡梦中叫醒。九老汉最近病情逐渐好转，今天显得格外神清气爽，一大早就从被窝里爬起来。

刚收拾完家，就见屠夫进了自家的院子，九老汉赶忙让喜子出门迎接。

屠夫是一位彪形大汉，壮实得像一头牛。他脑袋很大，脸皮粗得跟跟橘子皮相仿，宽大滚圆的肩膀，熊似的脊背，粗壮的腰上围着一条用粗蓝布做成的围裙。一进门，就把他那黑油油、脏兮兮的工具包和一根三尺长、筷子粗的钢筋棍儿放在炕沿边，然后一提屁股上了炕。

"快吃吧，也没啥好吃的！"九老汉端上热乎乎的玉米面饼子说。

"嗨！都是这样！"说着，屠夫就用他那又粗又大的手拿起饼子大口大口地吃起来。

让人感到匪夷所思的是，大黑猪从昨晚到今早，食也没给喂，竟然没喊也没叫，像是有预感似的，格外安静。

屠夫和过来帮忙的两个邻居后生刚进猪圈，黑猪就有了感应，开始乱喊、乱叫、乱闯，拼命躲藏，弄得那两个后生还摔了一跤。忙乎了半天，三人满身大汗也没抓住，黑猪反倒与他们对峙起来。

黑猪的屁股紧靠着墙，尾巴撅起，头触着地，两只大耳朵机警地竖着，鼻子里"呼哧、呼哧"地喘着粗气，嘴里吐着白沫，两只眼睛死死盯着抓它的人，做出一副随时准备拼命的架势。

还是屠夫有经验。只见他用了一根绳子做了个环套，甩到黑猪的前脚边，当黑猪移到套中，一拉绳，黑猪被摔了个"狗啃屎"，头触地地趴在了地上。几个人赶紧冲过去，这才制服它。

黑猪当了俘虏，四条腿被捆得牢牢地抬出了猪圈。尽管它拼命地挣扎，但是也无济于事。黑猪被放在院子中宰杀的炕桌上时，压得桌子发出吱吱的响声。

黑猪"吱吱吱"拼命地喊、拼命地叫，一声比一声高，一声比一声长，一声比一声凄惨，一声比一声绝望……

周围的一切，似乎都受到了这声音惊吓：院子里的鸡"咯咯咯"地飞到房顶上观望；邻居家的猪惊慌失措地满街乱跑、乱窜，样子滑稽得要命；街上的狗也开始汪汪直叫，恨不得有个地洞躲藏进去……

望着眼前的一切，喜子那双一分钟前还洋溢着天真快乐的眼睛突然睁得大大的，胸脯沉重地起伏着，嘴唇也在颤抖。"我的黑猪！我的"黑子"！它……"喜子在心中难过地呼喊着。他觉得自己马上要哭出来了，使劲地控制，可眼泪还是涌出来，在眼圈边上开始打转儿。一会儿工夫，两颗大泪珠离开了眼睛，慢慢地顺着两颊流下来。

屠夫没注意到他，其他人也没注意到他，没有人可以想象得到他的心痛，此刻的他，脑子里一片空白，懵了……

"喜子，快把盆子往里拿一下！"屠夫喊他，喜子这才醒过味儿来。

喜子慢慢地走过去，猫着腰，歪着头，眯着眼，听话地把接杀猪血的盆子往猪的脑袋底下推了推，然后又急忙退出很远。他用两手捂着双

眼，斜着头，偷偷地看……

黑猪"吱吱"拼命地叫一声，他的心也跟着一下一下地"抽"……

只见那俩邻居后生紧紧压住黑猪的后腿。屠夫紧靠猪的脊背，脸色由白变红，再由红变紫，口中含着一把足有三指宽、二尺长，在阳光下还闪闪发光的锋利钢刀。他右脚蹬地，左腿膝盖死死地压着黑猪的头，左手扶着黑猪头的下巴，右手迅速取下口中的钢刀，狠狠地咬着牙，双目一瞪，猛地从黑猪脖子中间将钢刀直插黑猪的心脏，一瞬间，又用吃奶的劲拔了出来。

鲜红的血，顺着拔出的钢刀，像喷泉一样喷涌而出。黑猪的叫声也渐渐地弱了……

"我的大黑猪！我的黑子……"喜子在心里痛苦地喊道。

喜子的苦恼是无边无际的。如果此刻把喜子的胸腔打开，苦恼从中滚滚流出来，大概能淹没全世界。然而话虽如此，那苦恼偏偏谁也看不见，它偏偏就藏在这样一个渺小的躯壳里，哪怕举着火把也看不见……

"喜子，快把猪血拿回去吧，做血肠。"屠夫面带微笑，得意地喊道，"噢，对了，记住在血里放上点甘草，去腥，去猪毛。"

盆子里的猪血此时还冒着热气，一股一股的血腥味直往人鼻子里蹿。喜子弓着腰，半闭着眼，屏住气，将猪血端到上西房。

还是当母亲的心细。一直关照他们父子二人的喜子的姑姑，早上一赶过来，就踮着小脚到上西房干活儿去了。她看见侄儿的样子，心疼地问："喜子，咋啦，眼睛红红的？"说话间，眼睛还不住地打量他。

"没事，姑，刚才眯眼了。"喜子说着，就急忙朝院外走。

"喜子，从你们家赶快找一根棍子来！"屠夫一边说，一边在猪的左腿弯处割了一条一寸长的小口子，然后插进他带来的那根筷子般粗的钢筋棍，熟练地捅起来。

在家找了半天也没找到一根合适的棍子，喜子拎了一把扫帚过来，抓着头，不好意思地问屠夫："这——行不行？"

屠夫拔出钢筋棍，对着猪腿弯处割开的小口子，像吹气球一样吹起来，好大的力气，只吹了几口，就见猪的肚子开始鼓起来了。

"往这儿打！"屠夫指着猪的前腿腋窝说，"从前往后赶着打！"

喜子打一下，闭一下眼；打一下，闭一下眼……后来连扫帚的头也打掉了。

屠夫吹的劲儿可真大，一会儿工夫，那么大的一口猪，肚子就鼓得圆圆的，四条腿伸得直直的，两只大耳朵挺得立立的，真像吹糖人吹出来的一样，胖乎乎、圆滚滚的，就像一只大狗熊。

上西房里，喜子的姑姑和九老汉已经搭起了煺猪案。煺猪案是用一扇门板临时搭建的，底下垫着砖，前低后高，搭在一口七烧锅的旁边。锅里烧开的水，像泉水一样，哗哗地翻滚着。

黑猪，头朝着锅趴放着。

"往锅里放一块小石头、一把土！"屠夫吩咐。

只见屠夫蹲在大黑猪的旁边，没用开水烫，没用刨子刮，也没用火烧，没用石头砸，就用他那铁棍一样的坚硬的手，"嚓、嚓"几下，就将脊背上的猪鬃拔了个光，然后往齐整了整，递给九老汉："掌柜子，这能卖几个烟火钱。"

之后，"哗！哗！哗！"不住地往猪身上浇开水——真的是死猪不怕开水烫，气儿冒得满家都是。

屠夫浇了一会儿，就用半个砖大小的"浮石"（带孔的石头）在黑

猪
肉
烩
酸
菜

猪身上开始熄猪毛。他一边干活儿，一边高兴地说："啊呀，这口猪是我今年杀的最大、最肥的一口，喂好了！"说话间，汗都从脸上吧嗒吧嗒地掉了下来。

喜子的姑姑笑嘻嘻地说："多亏了我们喜子呀，手勤！"堆满笑容的脸上绽放出明媚灿烂的光芒。

"哎，是个好娃娃！"屠夫热得汗不断地往下流，可嘴里还是不停地说。

屠夫和喜子的姑姑不约而同地都抬起头看了一眼喜子。

整个屋子里被水蒸气笼罩着，雾蒙蒙的。

九老汉坐在炕沿边"吧嗒、吧嗒"不停地抽着烟，脸上同样堆满了笑容。

喜子听他们在说自己，反倒有点儿不好意思了。他嘴里没说什么，心里却热乎乎的，"哧——哧——"地拉着风箱，一会儿比一会儿快，一会儿比一会儿响，一会儿比一会儿有劲。

一会儿工夫，黑猪便变成白胖白胖的了，乍一看，活像日本相扑运动员，圆圆的、白白的。

那一天，天气很好，稍微有一点儿风。

院子里，几只鸡正争抢吃着杀猪时残留下的血。院子外的几条野狗可能是闻到了气味，绕着院子不停地转悠，时不时朝着院子里发出几声"汪汪"的尖叫。院门口，几个流着黄鼻涕的小男孩聚集在一起，正前挽后推地来看热闹。

众人将白胖的猪头朝下挂在院子西凉房的梯子上，屠夫轻松而又熟练地就像拉拉锁一样用他那把锋利的钢刀把猪肚子打开。猪的肠肚落到了下面的方桌上。屠夫嘴里念叨着："好猪呀！你看，真肥，足有三指厚的膘！"然后还笑嘻嘻地用他那粗大的手指向人们比画着。

屠夫割下猪头，取了约有三指厚的猪脖肉（当地叫"槽头肉"），递给喜子，说："快，拿去烩菜去吧！肥肥儿的……"

猪肉烩酸菜

猪肉烩酸菜

　　在农村，杀猪是一个家庭中的大事，尤其在那个年代，更是一件大喜事。

　　一日，早饭过后，九老汉点了一锅旱烟，一边抽一边嘱咐喜子："咱们杀猪那天，你把福泰爷爷、老队长、你二姐——对，你们叫二姐，都请过来吃杀猪菜。咱家平常也没有什么好吃的东西，平日里人家没少关照咱家，咱们要懂得感恩！"

　　然后，九老汉又抽了几口烟继续说道："对了，你把狗蛋儿也叫来，按村子里的辈分你该叫他哥。"

　　"啊，叫那号人？"喜子抬起头望着父亲，感到很惊奇，一脸不高兴的样子。

　　"哪号人？"九老汉说，"你不要管人家的闲事儿。你想一想，那天剜甜菜是咱们先做得不对，你是男人，大喇叭明明告诉拿铁锹，你却拿上菜刀过去了，要都是这样，那队里的事情就别干了！"

　　"要去叫，你去，反正我不去！我一看见他就恶心！"喜子嘴里嘟嘟囔囔道。

　　"你说甚？"九老汉把旱烟袋放在炕上，挺起胸直直地看着喜子。

喜子看到父亲不高兴的样子，低下了头。

九老汉叹口气又说："咱要记人家的好，你看他和老队长这几年把咱们队里搞得一年比一年好。"说着拿起旱烟袋，划着一根火柴点了一锅烟，抽了几口，压低了声音劝继续劝儿子："得饶人处且饶人，不能得理不让人。你现在正是学着做人的时候，以后的日子长了，这——你慢慢就会明白的。"

经九老汉劝说，喜子仿佛突然明白了父亲的心思，跳下炕，穿上鞋，低着头出门请人去了。

看着儿子远去的背影，九老汉脸上露出了笑容，"吧嗒吧嗒"地抽着烟，烟雾吐得老远。

酸菜在当地是冬季的主要吃食，九老汉今年照例又腌了一大缸。喜子的姑姑和来帮忙的二姐在上西房已经备好了酸菜。

喜子看着姑姑把切好的"槽头肉"和调料放进七烧锅里，"哗、哗、哗"炒了几下，顿时香味扑鼻而来，然后又在肉中放了点儿盐和黑酱，最后放上备好的酸菜——整整做了满满的一大锅。

无酒不成宴席，当地老乡说："有酒有肉不算慢待。"有了酒，吃起饭来气氛就活跃了。这时，喜子姑姑和二姐端上来两大盘热乎乎的猪肉烩酸菜。

众人给杀猪师傅让了座。

九老汉从大红柜里取出来一瓶保存了多年的白酒。坐在炕上的福泰老人笑着接过来看了又看，白酒瓶上的白色商标里印着红红的高粱，看下度数：六十五度。

老队长高兴地说："老人家把宝贝拿出来了！"全村人都知道九老汉"好这一口"，没想到还有存货。

猪肉烩酸菜

九老汉说："这酒还是前几年赶车外出时买的。"喜子热情地打开酒瓶盖，给每个人满满斟了一杯。

老队长环视一下大家，又看看九老汉，问道："说上几句？"

九老汉满脸笑容地说："咱们端起杯喝了，话都在酒中！"然后放下酒盅，夹了一口菜，期待地看着老队长，"要不你给说说？"老队长用手擦一擦残留在嘴唇上的酒，往前坐了坐，说道："我让他们算了算，今年咱们预计比去年还好，分红更多。外村的姑娘都愿意嫁给我们村的小伙子，看来又有几家要办喜事了。"然后，夹了口菜，头转向九老汉："哎，老人家，你们家喜子多会儿办喜事呀？"

喜子听到这话，垂下头，脸羞得红红的。

坐在一旁的狗蛋儿这时候接了话："喜子办事那天，我第一个来帮忙，喜子人家还……"

"别球说你那臭事了！"老队长打断道，然后低头喝了一口酒。

九老汉知道老队长的脾气，看到狗蛋儿有些尴尬，急忙说："欢迎，欢迎！"端起酒杯和狗蛋儿碰了一杯，两个人一饮而尽。

这时，喜子机灵地端起酒杯说："我敬大家一杯！"喜子不会喝酒，喝了一口辣得直咧嘴。顿时，大家都哈哈大笑起来，整个屋子里充满了喜庆、欢乐、祥和的气氛。

随着一阵接一阵的笑声，这猪肉烩酸菜的香味儿，使这个本来就不太大的屋子整个弥漫在了香气里……

喜子后来回忆，那是他有生以来吃得最香也是他这辈子最难忘的一顿饭——猪肉烩酸菜。

过了几年，九老汉跟人们透露：喜子有对象了，本村的，挺好的！心里美滋滋的……

红缨马鞭

HONGYING MABIAN

陆文和安妮

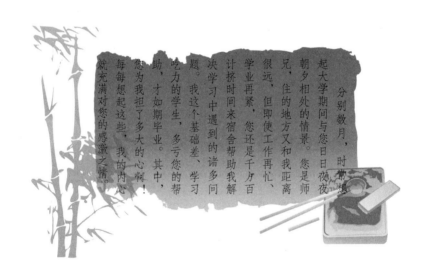

分别数月，时常想起大学期间与您日日夜夜朝夕相处的情景。您是师兄，住的地方又和我距离很远，但即使工作再忙、学业再紧，您还是千方百计挤时间来宿舍帮助我解决学习中遇到的诸多问题。我这个基础差、学习吃力的学生，多亏您的帮助，才如期毕业。其中，您为我担了多大的心啊！每每想起这些，我的内心就充满对您的感激之情。

| 陆文和安妮 |

尊敬的欧阳力伟先生：

分别数月，时常想起大学期间与您日日夜夜朝夕相处的情景。您是师兄，住的地方又和我距离很远，但即使工作再忙、学业再紧，您还是千方百计挤时间来宿舍帮助我解决学习中遇到的诸多问题。我这个基础差、学习吃力的学生，多亏您的帮助，才如期毕业。其中，您为我担了多大的心啊！每每想起这些，我的内心就充满对您的感激之情。

我十分敬佩您对于知识那种锲而不舍、刻苦钻研的精神。

前几天，先生与我见面叙谈时，您讲"人怎样认识生活中的问题"的一番话，对我触动很大，使我思考了很久，很受启发。

所谓的生活是什么？您认为，不是我们想要生活变成什么样，它就是什么样——这只是理想而已，往往与现实相反。与现实相反的东西往往会制造冲突，人的一生会不断地累积问题。如果不去解决它们，以后面就会被各种问题拖累。所以，基本上人生就是一场人对人的"战争"。因此，生活就是一种"冲突"。

无论你喜欢与否，我们全都生活在冲突中，因而就有了

各种回避的方式，就有了哀伤、孤独、焦虑、挫折等一些无味的感觉以及各种例行公事。即使在生活过程中，偶尔心中有一些喜悦，也会立即执着于这些非凡的东西，生怕失去它，并且还想再度拥有，直到这份喜悦变成记忆。

无论什么样的人，在生活中都有属于自己人生的记忆。

幸福、辛酸、欢乐，这些存在于世的记忆都会构成痕迹。我将会把爱过、笑过、哭过、恨过，这一切当中无味的东西让它随风飘去，零落成泥，让充满细腻的温情淡淡地停驻在生前身后的空间里。

实际上，您是针对我对生活的一些看法在提醒我，希望我任何时候都能面对现实，不要回避，珍惜生活，勇于处理不断发生的各种矛盾和问题。

先生，您说的话很有道理。世上的每个人，从出生到死去，都要经历大大小小的难题，当一道道坎坷出现时需要迈过。在这个过程中若是无人帮助，自己也当坦然去面对。

谢谢您的关爱！您不愧是我的知友亲朋、心中的老师。

您的学生：志同
二〇〇九年十月于呼和浩特

一

先生，正如您说的那样，人世间时时处处有矛盾，会有处理不完的问题、过不完的坎儿、干不完的事儿。俗话也说："人在家中坐，事从天上来。"

陆文和安妮，他们夫妻俩都是我初中时的同学。我们初中那个班的同学都是五〇后的，年龄相差很大，最小的和最大的差着五六岁。陆文和安妮是班里年龄最小的学生，也是学习中的姣姣者。

安妮有一个姑姑，是她的一个远方亲戚，后来找了一个上海知青。

前不久，她接了姑姑来的一个电话。姑姑说，她和宝贝儿子浩浩专程从上海回到了故乡——一个拥有四百万人口的新兴城市。来了没多久，浩浩就找到一份比较理想的工作，工资和福利待遇也十分优厚。浩浩在大学里学的是桥梁建筑专业，由于西部大开发，国家在这边的投资力度比较大，经济社会发展会越来越快，这儿的条件好、机会也多，因此，她想让儿子将来在这儿发展。

她说，这里也是她的老家，亲戚朋友多，今后也可以有个照应。可现在唯一让她遗憾的是，儿子毕业后还没来得及考取工作资格证书，不然工资福利会更好。

陆文和安妮

现在，浩浩已经报了名，一边工作一边学习，准备应考。浩浩听他要好的同事说，这里和上海不一样，考证得找熟人活动。如果找不上熟人，考得再好也没用，毕竟指标是有限的；还有人说，找上人，花钱就能买到证，用不着费那么大的劲儿。

"浩浩听了这些话，连续好几天了愁眉苦脸的，心不在焉，你看咋办呀？你给想想办法，帮帮姑姑啊！……他也没有心思再学习了……"

电话里，姑姑的话语频率一阵比一阵快，一会儿比一会儿高。

在安妮的眼中，姑姑是一个性情爽快、很强势的女人，今儿却语无伦次、唯唯诺诺的，显得很没底气。

安妮从内心深处感觉到姑姑的心在嗵嗵地乱跳，仿佛看见她那憔悴的样子，眼泪都快要掉下来了，打心眼里为她揪心——她的脸上立马流露出惆怅的神情。

毕竟，她和这个姑姑的感情不一样。

姑姑电话里的话，安妮听得再清楚不过了，也明白她的意思。姑姑是把全部希望都寄托在她的身上了。她寻思：自己应该帮她，也想帮她。但就她目前她这个企业办公室负责人的角色，论地位，论人脉，论……能给她解决遇到的多少困难、多少问题真说不好！

安妮微微地抬起头，用求助的眼光看着坐在她身旁的爱人陆文。

在一旁的陆文被妻子安妮和姑姑在电话里通话的声音，震得耳朵都嗡嗡地响，电话里讲的事他也听得一清二楚。他稍稍挺起胸，抬起头，抿着嘴，两眼直视着爱人安妮。夫妻俩的眼神在一瞬间就这么对视着。

这个时候，屋里安静得只能听到钟表"嗒、嗒、嗒"的响声。

顷刻间，安妮似乎明白了丈夫的心思。她将左手中的电话移到右手，将话筒紧贴着脸，深吸了一口气，压低了声音，用安慰的口吻说："姑，不要听社会上的人瞎说。您也不要着急，总会有办法的。先劝劝浩浩安心学习，准备考试……"

安妮和姑姑通完话，觉得手里的电话热得烫手，感到手中小小的电话机这时候也变得沉甸甸的。她慢慢地将手中的电话放下，扭过头看着爱人陆文。

陆文，这时候直挺挺地在窗户前站着，两手抱着胸，紧紧抿着嘴，直视着窗外，脑子里正在回味着刚才安妮和姑姑讲话的内容。

屋子里依旧安安静静，就像要打一场大仗前的一瞬间，连呼吸声也能听得见。钟表"嗒、嗒、嗒"的响声似乎也越来越清晰。窗外的几只麻雀叽叽喳喳地飞来飞去，追逐嬉戏，让陆文觉得有些心烦意乱。

这时候，陆文在想，无风不起浪啊！怎么连一个普通的职称证件也开始买卖了，真是有钱能使鬼推磨？他只听说提拔干部有这事儿，记不清是哪一本杂志上还登载过，说是有一个单位空了个副局长的位子，经请示上级部门批准，准备从内部产生。单位领导从符合条件的干部中拟定两名候选人。为了公平起见，决定公开、公正、公平地竞争，要实行书面考核。笔试之前，两名候选人挖空心思、千方百计地打听出负责出题的主管干部。其中一位被考核的干部，给了出题的主管干部两万元好处费，出题的主管干部给了他一份考试答卷；另一位被考核的干部，也找到这位出题的主管干部，给了他三万元好处费，出题的主管干部给了他一份标准答案。结果，出两万元的被考核的干部考试得了 96 分，而出三万元的被考核的干部考试得了 100 分。

令人出乎意料的是，单位提拔了考试成绩得 96 分的那名候选人，说另一名考试得 100 分的候选人的成绩是假的。后来这事儿被曝了光。在当时社会上相互传得沸沸扬扬的……

陆文知道，就目前他这个小小的科级干部，想花钱买不可能，就是能，也不能那样做。论经济状况，论现在的人际关系，想想他的同学、

陆文和安妮

朋友，陆文一个一个地脑子里过了一遍，然后摇摇头，都不可能。

就现在的身体状况……

这事儿还真不好说！

安妮的姑姑听了侄女的话，热血沸腾的她慢慢地冷了下来，逐渐松了一口气，静下心来。

打电话前，她也想了很久打不打这个电话，她反复问自己。可是，还能找谁？最后她认定，在她的心目中，陆文和安妮是他们亲戚当中最有办法、最值得信任又最乐意帮助人的人。

一贯要强的她一般是不求人的，也不愿意随便给别人添麻烦。

"唉！"她长出了一口气，自言自语地说，"姑姑这次就求求他们吧！就这么点亲戚，也就他们能有点儿办法！"听得出，这回她为了宝贝儿子是要舍出这张老脸了。

过了一会儿，她又喃喃地自言自语："毕竟侄女安妮不是外人，我是看着她长大的，比亲的还亲哩！"

"唉，不省心的东西！"这会儿，她又急着盼儿子浩浩早一点儿下班回来……

二

在一些亲戚和同学中，羡慕陆文和安妮——我这两位老同学的人不少。

但人们只看到他们今天有房子、有车子、有事业。大家总觉得他们的命运比较好，都找到一份好工作，也没有摊上下岗的事儿，生活美满幸福，却不知道，他们历经坎坷，当初一步一步的艰辛……

入春以来，陆文工作越来越忙碌，单位在积极开展"机关办公无小事"活动，几乎每天加班加点，不加班倒显得不正常。让人料想不到的是，安妮所在的单位新筹建了一个子公司，她每天也忙得连轴转。

某一天的凌晨，安妮从梦中醒来，伸手抚摸她的枕边人，却不在身旁。她急忙起身走到客厅，打开灯，看见陆文正睡在沙发上，盖着上衣呼呼睡得正香，文件包在茶几上放着。她用无奈的眼神默默地看着他，看见他那疲惫不堪的样子心一下子被揪紧了。突然，陆文猛一下坐起来，像接受到传感器遥控似的那么灵敏、快捷，低着头、眯着眼睛问："是不该上班了？"说完又躺了下去。安妮没有回应陆文的话，转身从卧室拿出一块毛毯轻轻地给他盖在身上。陆文微微地抿了一下嘴，脸上

露出了幸福的笑容。

此刻，安妮知道，无论怎么劝他，甚至和他急，让他以后回来上床睡，也没多大用。他就是那样的一个人，这是他的秉性。安妮抬头看了看挂在墙上的钟表，感觉自己也该准备上班了。今天她还有接待任务，还得早点去。真是，不是一家人，不入一家门，秉性也相似。

这些天，每天的早餐他俩都自行解决，随便吃一点东西，就急急忙忙地去上班了。中午各顾各的，晚上俩人回家的时间都没准头。几个月来，他俩简直成了牛郎织女，没在家吃过一顿安稳、团圆的饭。

也难怪，他俩都正当年，再说孩子也都大了，正是干一番事业、成就梦想的时候。在当下社会，有人说，像他们那样忘我地工作是一种奉献精神，一种应有的责任心，因为干一行就得爱一行；有人说，他们那样工作纯粹是一种没有能力的表现，白天做不完，也只能晚上加班做了。但在他俩看来，只要领导信任，咱就去做，起码证明，咱还能做点儿事——多干点儿事准没错，还能体现自身的价值。

有时俩人也为此谈论过。

陆文用婉转的口气说："你每天把自己安排得那么紧，干啥？"

安妮说："你是领导，没人管；我受人家管，不干行吗？咱领人家的工资，得对得起良心。"

安妮的一席话，噎得陆文一时不知说什么好，他睁着大眼睛无奈地看着爱人。

时间过得可真快，转眼间又是一个周末。

将近下班的时候，办公室的电话响了，陆文一看是妻子的电话，感到很稀奇———一般情况下，她是不给他办公室打电话的。

他瞅着电话犹豫起来：接，还是不接？转念又想，是不是有急事了？急忙拿起话筒，还没等拿到耳边就听到："嗨！今天晚上我不加班了，好哇！你也早点儿回来，早点儿啊！"爱人在电话里娇滴滴地说着。

还没等陆文回话，安妮就挂掉了电话。陆文说了句什么连他自己也没听见，不知安妮听见没。陆文心里想象着爱人打电话高兴的样子，沉默了一会儿，歪歪头，顿时脸上堆满了兴奋的笑容，接着把话筒放回原了回去。

陆文的心有点儿零乱了，心不在焉地琢磨起来："是谁说机关工作人员没事干，每天一张报纸、一杯茶的？并非如此。不过是苦乐不均，忙时忙个死，闲时没事儿干而已。忙人不讨好，闲人发牢骚，是体制机制不健全……"

这时，他突然又想起父亲经常嘱咐的话："孩子，工作是给自己做的，多做一点儿没坏处！"

他懂得这句话的内涵，也知道这句话的分量这句话深深地刻印在他的心头，他把这句话视为父亲对自己的教诲和遗嘱。

多年来，每当遇到挫折和困难的时候，父亲的声音便回响在他的耳边。当他一想起父亲嘱咐他的话时，就会有无穷的智慧，就会有使不完的劲儿，就能忍受常人不能忍受的辛苦，也就迈过了一个又一个的坎儿。

人的心好奇怪，有时总喜欢浮想联翩。

此刻，陆文继续沉思遐想：假如没有父亲供自己读书，也许自己至今还在农村。去年回了一趟老家，发现村子里跟他一起长大没有读书的男人，大家还守着几亩薄地，过着面朝黄土背朝天的日子。

想到这儿，陆文沉默了，就像迈进了某种痛苦的回忆。他不知道父

亲是怎样筹的钱供自己上学。本想毕业后就可以挣钱养家了，父亲却病倒了。为了省钱供他读书，父亲连药也舍不得买，就这样不到一年就离开了。现在每到深夜，陆文就止不住地想，假如不读书，他也不会离开父亲，父亲也不会早去。"子欲养而亲不待"，一想起这句话，就觉得自己真是不孝啊……

过了一会儿，陆文自己意识到自己的心不在焉，这样下去很难完成今天的工作。他开始整理混乱的思绪，极力调整自己的心态。双手扶住办公桌站起身，整了整衣服，拉了拉袖子，揭开茶杯喝了口水，又稳稳地坐在办公桌前——这就是陆文的成功之处，在关键的时候保持自律的品格——将汇报材料从头到尾认认真真地看了一遍，在材料中又加注了一段关于机关工作无小事的具体措施方面的内容。通篇又看了几次，修改了几句话和几处标点符号后，在文件的下端工工整整地签注了自己的意见。

之后，他才微微地挺起胸，感觉到松了口气。他真的感觉有点累了，脖颈也隐隐作痛。他起身，捏着脖颈走到办公室的窗户前，目视着窗外的机关大院。

机关院内停车场中的大部分车辆已经被下班的人开走了，只剩几辆车零散地停在那里。几名身穿蓝色衣服的后勤人员不知在草坪上走来走去干什么。"丁零！……"电话响了，他猜测是家里打来的，走进办公桌，看了一眼电话机上显示的号码，果不其然。陆文看着电话自言自语："不算晚！"他心中突然升腾起一种奇特的情绪，情不自禁地笑了。宿舍区距机关的路程步行约二十分钟，他收拾了下东西，随手锁上了办公室的门。

三

人逢喜事精神爽。

陆文刚走出办公大楼，就嗅到了春的气息，很细微、很新鲜、很温暖，并且很有生气。就在这一刹那间，他在脑海里似乎看到了满院盛开的桃花，听到了小河潺潺的流水声，闻到了大地上绿草和鲜花的芳香……

陆文的心中充满激情。跨出机关大院的门，他不由自主地放慢了脚步，望着远方那既熟悉又崭新的郁郁苍苍、连绵起伏的山川，那迎面耸立巍峨的大青山，那东河和滨河两岸一幢幢新起的高楼，那用汉白玉石头砌成的长长的堤岸，那堤岸上婀娜多姿的垂柳，那宽敞的马路两侧密密层层的新植的树木……在深远的蓝天的衬托下，互生互动、气韵相融，显得无比壮丽。

陆文惊呆了。往日，他天天望着，无数次从它脚底下走过，但却从来不曾留意到它如此壮美。而今天，它披着金色的晚霞，显得那么高大、质朴、厚实。他完全沉浸在这如诗如画般的美好风光之中。

陆文像一位久经磨炼的老兵，风尘仆仆地在路上行走着。他越走越快，脸上闪耀着快乐的光辉，从左手到右手，右手到左手，不时地倒动

着手中的公文包，时而用手摸摸下巴上丛生的短须，嘘着嘴唇，露出满面浓重的笑容，仿佛整个灵魂充满了奇妙的欢愉。

他自言自语道："下班早点回来啊！……" 不断地重复着爱人安妮的话。

他一想起爱人那可爱的名字时，就更加遏制不住那得意的欢笑，又自语："周末了，可以做自己想做的事情了！……"

他很快到了宿舍区，轻盈地上了楼。刚推开家门就闻到了香喷喷的味道，有一种暖融融的感觉。

爱人安妮满面笑容地迎上来，接过他手中的文件包，像久别重逢一样。

平时穿着简单、质朴的她，今天穿得十分讲究。身着淡粉色暗格睡衣，颜色淡雅，十分得体。贴身的睡衣勾勒出她曼妙的身材，展现在陆文的面前。从侧面看，胸部不大不小，很精致；从后面看，腰肢很细，形成一条优美的弧线。经过修饰的乌黑的头发，一圈一又圈妥帖地垂在耳际。传情的眼睛更显得明媚动人，嘴角上挂着迷人的微笑。

陆文看着眼前的爱人好像变了一个人，啊，太漂亮了！他从上到下，又从下到上、从左到右打量着爱人安妮。

真是应了人们常说的一句话：感情有，看什么都好。何况此时此刻的陆文，内心又兴奋又惊喜。

他再也控制不住自己的情感了，在安妮的唇上啄了一口。蓦然，双手抱起安妮开始绕地转圈，并发疯似的吻她。安妮紧紧地搂抱着陆文，不时发出娇滴滴的"咯咯咯"的笑声。

此刻，他们仿佛又回到了那难以忘怀的梦幻般的新婚之夜。夫妻俩完全沉浸在幸福的欢乐之中，除此之外别无所想、别无所感。此刻，在他们的眼前，其他一切都消失了。

最后，还是在安妮的反复示意下，陆文才罢手去了卫生间。当陆文从卫生间洗完脸和手出来时，餐桌上已摆好了餐具和饭菜。菜都是陆文平时爱吃的，冷热荤素搭配，色香味俱全。透明的两个刻花玻璃高脚红酒杯和一瓶刚打开的红酒摆放在座位前。在灯光的辉映下，散发着红宝石般光泽的红酒看着就使人有了几分醉意，蔡琴演唱的《恰似你的温柔》飘进了耳朵：

> 某年某月的某一天，
> 就像一张破碎的脸，
> 难以开口道再见，
> 就让一切走远。
> 这不是件容易的事，
> 我们却都没有哭泣。
> 让它淡淡地来，
> 让它好好地去。
> 到如今，年复一年
> 我不能停止怀念，
> 怀念你、怀念从前……

优美动人的旋律轻轻地在每个角落回旋飘摇，整个屋子里充满了甜蜜、温馨、浪漫的气氛。

安妮斟满红酒，举起酒杯，笑容可掬地对爱人说："今天是个值得怀念、庆贺的日子！"陆文这时候还沉浸在幸福之中，感觉朦朦胧胧的。实际上他并不知道今天是什么节日，他开始纳闷：爱人怀念、庆贺的是什么日子？

陆文端着酒杯，正准备听爱人继续说下去，突然电话"铃铃！铃铃"响了。

安妮本能地扭过头看向客厅，然后急忙放下酒杯，起身去接电话。

陆文挺着脖子看着安妮，问道："谁的电话？"

安妮起先没有回答。她脸上的红润消失了，现出一阵痛苦的拘挛。她那双一分钟前还充盈着幸福的眼睛，突然间，睁得大大的。她低垂了头看着地上，好像故意在躲避陆文的注意。

过了一会儿，她才抬起头来，用一种求助的眼光看着陆文，声音沉重地说："姑姑的……一会儿要来……不知道出啥事了！"

陆文看着心爱的安妮脸上的表情，又惦记起姑姑的事，同情心沉重地压制了他个人的痛苦。他的内心急剧地变化着，千回万转的滋味真是说不出来，好像夏天晴朗的日子突然来了暴风疾雨，把一切都扰乱了，他的心好像揉作一团似的，乱得很。

陆文走过客厅时随手关掉了音乐，双手抱着胸直直地站在窗户前。院外刮起了风，卷起的干树枝、杂草叶、尘土、塑料袋满天飞。天很黑，只能看到路灯发出的微弱的灯光。安妮坐在沙发上，不停地按着电视的遥控，心乱得不知想看什么节目。

院外，唰唰地下起了雨……

安妮惊慌失措地说："下雨了？"

陆文转身看着她，点点头。

安妮焦虑地说："唉！命真苦，看这天气！"

夜空，被闪电划破，照得屋角都雪亮雪亮的，随之而来的便是一阵轰隆隆的雷声。

没过多久，屋里就听到楼道里一连串急促、沉重的脚步声，姑姑带着儿子浩浩到了。一进门，姑姑便像机关枪似的一连串地问话："小妮，今天你没上班？”

"哪儿去了？" 又问。

"上班了！"安妮回答道。

"那咋连手机也打不通呀？"安妮的姑姑又问。实际上，今天下午安妮是去修剪头发，手机忘记开机了。

安妮看着姑姑，全身都被雨水淋湿了。当她脱掉雨衣后，安妮明显感觉到姑姑面黄肌瘦的，好像变了一个人。脸，显得那么苍白。在苍白的脸上，乌黑的大眼睛挂着泪水流淌过的痕迹。

姑姑的儿子浩浩一进屋就像泄了气的皮球，一屁股瘫坐在沙发上，掀起了沙发垫。

安妮急忙问："出啥事了？"并示意姑姑坐在沙发上说。

"唉！"姑姑指着儿子，上气不接下气，"你看他那样儿……参加完考试回来……哑巴了！"

安妮听后继续问："这到底是怎么回事呀？"

"你问他！"

看姑姑着急的样子，安妮安慰道："姑，您别着急，让浩浩慢慢说。"

浩浩背转过身，低着头，眼睛直瞪瞪地看着地面，手指轻轻地拨动着自行车的钥匙。他没有抱怨，也没有痛哭流涕，只是难堪地沉默着。

此时，浩浩的思绪仍然停留在考场上，先前发生的事一幕幕地反复出现在眼前。

眼睛长得小小的，像老鼠一样的监考老师，突然拿起他的准考证，恶狠狠地说："你这是在干吗？"

"没干什么！我，我……"浩浩愣愣怔怔地望着监考老师，不知如

何是好。

考场上所有人的目光都集中在他身上，这是他有生以来第一次遇到这样的情景。顿时，他感到浑身热血沸腾，满脸通红，一种充斥着尴尬、羞愧和莫大委屈的复杂情绪涌上心头，假如当时有地缝他真想立马钻进去。

另一位年轻的戴眼镜的老师疾步走过来，不分青红皂白地说："我！我！我什么？"哗啦！把考卷拿到手里，凶狠地补充道，"道德败坏。出去！"

看着他出去的背影，那老师还在后面嘀咕："年纪轻轻的，不学好！……"

现在你如果问浩浩，那时他是怎么回去的，他也说不清楚。他的头涨得仿佛要爆炸，满脑子的仇、恨和冤在那时占据了他大脑的所有空间。

蒙受冤屈的人很容易产生反社会的心理。此刻，他看天、看地，一切都是黑暗的。这让他不时地想起监考老师凶狠、可恶的嘴脸和那极让他感到羞辱的场景。

二十岁出头的他，走在回家的路上。他想过很多报复监考老师的办法，有些甚至很极端，最后他没有做这些，并慢慢放下，只因为一个原因：妈妈会相信他。

回家后，他本想和妈妈说，可又怕说不清楚，就这样忍受着、沉默着。

可他看见母亲着急的样子，不由得又产生了怜悯。他恨自己不争气，恨自己为什么当时不和他们理论，为什么就不说清楚呢。

姑姑见儿子这个样子，心想着肯定没考好，赶紧给安妮打电话，却又打不通，这才拉着儿子来她家了。

看着憔悴的姑姑，安妮知道，儿子就是她的希望，就是她的全部。为了儿子她吃尽了苦头，就是盼着儿子将来能出人头地的那一天。见儿子这种情况，成这个样子，她哪能不着急呢？

"小妮，我听说主管浩浩考试的领导，也是小陆他们一个学校的。"姑姑边说边用祈求的眼光看着安妮。安妮微微地抬起头，用温柔的眼光深深地望着在一旁的爱人。只见陆文滑稽一笑，竭力躲开她的目光，露出一种勉强的不自然的表情。

姑姑看看坐在沙发上的儿子，又看了一眼陆文，立马从手提包里掏出几捆钱来，说："小妮，姑姑就这么一点儿事，你看这点儿钱够不？"

"姑姑，您这是干啥？"

"听说是能买上证，你看行不行？"

安妮压低了声音，说："这不是钱的问题，姑！"接着又安慰她，"姑，您别着急，慢慢和浩浩了解情况后再说。再说这孩子平时爱学习，也肯下功夫，很优秀的。只要浩浩认真答完考卷，我看没问题。这事，我知道该怎么做！"随手把钱塞回姑姑的手提包里。

"优秀？"姑姑猛抬起头，"你看他那副窝囊样。"说话间，脸更红了，脖子上的青筋都看得见在跳动。

经过安妮和陆文的再三相劝，姑姑总算平静下来。陆文端来一杯水递给安妮的姑姑。她慢慢地拿起水杯，喝了一口。

四

等雨停了，安妮的姑姑带着儿子浩浩走后，已经是半夜近零点了。躺在被窝里，陆文和安妮夫妻俩谁都睡不着。安妮给陆文述说起了姑姑的事。

姑姑是一个小姑姑，年龄比她大不了多少，她俩从小一块长大，十分要好。

中学的时候，姑姑就是学校女篮的中锋。她模样标致，最引人注目的就是她那修长而又结实的美丽身躯。像雪花膏一般洁白泛着红润的脸庞；弯弯的眉毛下是像杏子一样的一对毛茸茸的大眼睛；湿润而又性感的红唇之间，闪烁着两排雪白的牙齿；高耸而又丰满的胸脯，十分诱人。她整个人就好像大自然雕刻出来的一件美妙的艺术品。姑姑性格爽快、泼辣，敢打敢冲，朝气蓬勃，是学校公认的校花之一。

如果是在改革开放的年代，她的命运也许不是一名普通的工人，而是一名出色的舞蹈演员，或者是时装模特儿。问题在于，她处在"文革"时代。那个时候，绝大多数普通人的命运，注定只能被动地接受社会的"挑选"。在街道居委会反复的动员下，刚满十九岁的她，和全国成千上万的青年一起，背着"上山下乡"的行囊，去"广阔天地"接受"贫下中农"的再教育，成了一名"大有作为"的知识青年。

在农村，她表现得仍然十分积极活跃。热爱劳动，积极上进，立志好好劳动，接受贫下中农再教育，争取早日返城孝敬父母。

不知从什么时候起，开始有令她不寒而栗的目光悄悄地随着她富有弹性的身体转来转去。

那炽热的目光，试图想从姑姑身上得到什么。眼神流露出的渴望，正是心底深藏不住的邪念。

那一年，整党建党运动开展，进行了一个段落。她所在村的党支部决定发展第一批党员。这对于每一个渴望通过正当途径脱离农村的知青来说，就如同沙漠中久晒缺水的人遇到了一片绿洲。入了党，就能上学、参军、提干（以工代干，当时的后备干部）或回城工作。

那一天，姑姑接到通知，让她晚上到村大队部接受组织谈话。找她谈话人是公社下乡蹲点的党委副书记兼人武部长。

这消息可把姑姑高兴坏了。

她准时到了大队办公室，轻轻敲了敲门。随着一声"请"，她推开门，富于激情地说："首长，您好！"

"来……来，这边请！"

党委副书记兼人武部长热情地招呼她坐在单人床上，倒了一杯水，顺手提了一把骨牌凳子把水放在凳子上，一同放在她身边，自己则坐在办公桌旁边的椅子上。

谈话，只进行了几分钟。

……

"现在就看你的态度了！" 蹲点的党委副书记诡异地笑着说。

"我……党叫干啥就干啥！"

姑姑感到自己的命运就要迎来转机，不断地憧憬着未来，激动得有些不知所措。

"好！今晚要你好好陪我，陪领导睡觉！"下乡蹲点的党委副书记把枪放在桌子上，站起来，有些不耐烦，边解纽扣边说，"你要入党，就得好好听我的话！我就是党组织……"

实力悬殊的搏斗，姑姑凭着本能而不是精神优势拼死反抗，并且大声地呼救。下乡蹲点的党委副书记兽性大发，拿起枪砸昏了她。

姑姑说，不知道过了多久，感觉头痛、口渴，想爬起来，却隐隐约约感到有一坨沉重的东西压在她身上，让她喘不过气来。她拼命地推，却怎么也推不动。那时她并不知道那畜生将她的衣服脱了个光，只觉得下身阵阵疼痛难忍。

当她睁开眼睛，几乎要晕过去了，只见那畜生赤裸裸地压在她身上，大口地喘着气，还不时地叫着："我喜欢你！我爱你！"

姑姑大声骂着，抓他的脸，想把他推下来，但那畜生毛茸茸的大腿紧紧地夹着她，双手也紧紧地压着她的手臂，臭烘烘地好像狗一样的嘴在她脸上舔来舔去。她害怕极了，央求放过她，那畜生反而更加疯狂。

一种失去少女童贞的羞恨和被欺凌被压迫的痛苦一同袭来，此时，喊天不应，叫地无声，她又昏死过去。

等她醒过来的时候，发现那畜生躺在她身边，正大口大口地吸着烟。姑姑恨极了，拼命地打他、骂他、咬他，他反而用一种邪恶的眼神看着她。这时，她才发现自己全身一丝不挂，急忙将被子捂住赤裸的身体，并求他快走。那畜生不但不走，一把将被子揪掉，像恶狼似的又将她压在身下……姑姑也再没有气力反抗了。

那天晚上，那畜生兽性大发，忽上忽下地不停地摧残她。姑姑被他凌辱得死去活来……直到天亮，那畜生才从她身上滚下来。

临走的时候，他邪笑着对姑姑说："你乖乖地听话，我会对你好。你要讲出去，对你也没什么好处。你要去告，我也不怕，公社里的上下领导、同事同乡，谁也不会相信你……"

当下乡蹲点的党委副书记得意扬扬地走出大队部时，迎面碰到了上海知青杜明。他迟疑了一下，然后瞪着眼睛凶狠地说："资本家的狗崽子，你干啥？老实点！"

杜明的家庭成分不好，被大队安排做饲养员，喂牲口。牲口厩，离大队部只有二十几米。

在草房时，他隐隐约约地听到有人喊"救命"，顺着喊声走过来时又听不到了。本分老实的他，一个晚上来来回回徘徊了好几趟，正犹豫着呢，迎面遇上了从大队部出来的下乡蹲点的党委副书记兼人武部长。

杜明没敢用眼直视他，低着头，拿着喂牲口的草筛，全身弥漫着牛马尿和草料混合在一起的味道，往马厩方向去了。走了一段，又折回头看着大队部。

"这事儿，后来——怎么办了？"陆文在一旁问道。

他见爱人安妮说话时激动的神情，向她投去同情的眼光，想要继续听下去。

"唉！"安妮看着天花板，深深地叹了一口气，说，"事发以后，下乡蹲点的党委副书记受到了法律的制裁。"

可姑姑惨了。

那一天，她从大队部逃出来，就往家里跑。从乡下回城三十公里的路程，支支吾吾地，她也说不清楚是怎么回来的，说是一辆老大爷赶的

陆文和安妮

161

毛驴车，送了她一段路程。

姑姑的爸爸妈妈那时住在靠城边的两间小平房里。

当她筋疲力尽地回到家时，已经晚上了，身子软得好像一团泥巴，一头扎在小里屋的床上，蒙着头不停地哭！

爸爸妈妈一看她这般模样，断定出了事。

妈妈看她痛哭流涕的样子，也流下了浑浊的眼泪，感到全身酥软，揪心地痛！女儿连着她的心啊！她一直担心的事出了。

妈妈用手背抹着眼泪问姑姑："是不有人欺负了你？"

姑姑点点头，放声地哭了起来。

爸爸在一旁上了劲，脸红脖子粗地说："你是大活人，不会离他远点！"

姑姑哭得更厉害了，身体抽搐着，泪水如洪水般从眼眶奔涌而出。

一个不到二十岁的姑娘，身体受到如此大的欺凌和伤害，心灵受到如此沉重的打击，本想着回到家有个安慰，把全部的委屈、痛苦、悲伤一下释放出来……恨不得让她的亲人和她一道，把那畜生一口一口地咬死……

没想到自己的父亲却……

突然间。

她从床上站起来，发疯似的朝大街上跑去，一口气跑到她小时候经常去的护城河河边。

她感到生命即将走到尽头，上天如此残酷无情，如此对她不公平。

妈妈拖着沉重的身体，跌跌撞撞地就追就喊："回来！回来！"跑着，喊着！看着远去的女儿，眼前一黑，扑倒在地上晕了过去。

护城河这一段，岸高水深，每年都会发生这样那样的溺水事件。

姑姑满含着泪水站在河边，泪眼蒙眬地看着湍流的河水，默默地说："爸妈，女儿不孝，你们的恩情女儿下辈子再报答！"倾起身向河中投去。

千钧一发啊！

就在这千钧一发的时刻，上海知青杜明气喘吁吁地双手拦腰将她紧紧抱住。

……

姑姑还有一个弟弟，家境不好，日子过得很艰苦，本盼着她能尽快返城，有一份工作，将来家里生活会好一些，可万万没想到啊！

就在那一天晚上，姑姑那可怜的父亲，睡着后再也没起来。

陆文从床上翻起身，用纸巾轻轻地擦掉爱人安妮眼角上的泪珠，继续听她讲……

因为这事儿，姑姑成了人们茶前饭后议论的笑料。每到一处，总有人在她背后指指点点。

仅一个月的时间，人们便见她瘦得不成样子，头发白了不少，腰变得好像虾米一样；脸上的肉掉了一圈，眼角也起了细密的皱纹。十九岁的少女，仿佛一下子变成了老太太。

人之所以为人，不仅是吃喝玩乐，无论什么年纪，何等身份，保持尊严是人生存的底线。只要是人，就有对美好事物和亲情、友情正当渴求的权利。姑姑和其他同龄人一样，需要温暖，需要慰藉，需要交流，需要理解，而不是被可怜，被屈尊招待。

这个时候，杜明耗尽全部精力厮守着她。她觉得世界上只有这个杜明能够理解她。

没多久，杜明为表白对她一往情深的感情，提出要和她结婚。

陆文和安妮

163

时隔不久，莫名其妙地，很突然，姑姑就同意了。

杜明什么也没有，之所以答应，是因为他说一辈子爱她，对她好！她的要求很简单：就是找一个对"我"好的人。

安妮对陆文说："当时我对她说：'希望你能懂得珍惜自己。还是先接触接触好，试试看。'"

但她执意要嫁给他，说话时满含泪水，态度很坚决。

后来，他们先后回了城，回城后找的工作也不是太好。有了孩子后，生活总算逐渐好转一些，可是天不遂人愿，"人在家中坐，事从天上来"，赶上国家下岗分流的政策，他们所在的工厂倒闭了，他们也就下了岗。

安妮翻动一下身体，抬起一双秀美的大眼睛，望着陆文又说："为了孩子，他们举家回到了上海，受了不少苦。两人全靠打零工挣钱维持生活，供养孩子上学。"

五

听完妻子安妮讲述姑姑的事，陆文再也睡不着了。

他心里明白，姑姑所讲的那一个学校同学的意思。他心里也知道，爱人安妮多次用深情、求助的目光望着他意味着什么。

皓月当空，繁星闪烁。

屋子里安静得很，只有挂在角落的钟发出的"嘀嗒、嘀嗒"的声音，在深夜里显得格外清晰。

陆文觉得这个嘀嗒声似乎敲击在自己的心坎上，每一声嘀嗒，都让自己的心仿若针刺。

命运，偏偏安排他卷入这些感情的纠葛之中。他的心处在两难的境地，让他不得不回味，不得不面对：一边是他挚爱的人，另一边是他曾爱过的人。

他的心开始激荡翻腾。他把自己，也把自己这颗炽热的心，当成一个娇生惯养的孩子，任其随心所欲。

那年暑假，他俩都放假回到乡下。一天傍晚，相约"有事，去散步"，来到小河边。他俩，手拉着手，仿佛有说不完话，谈论着小说、

电影以及学校和家庭发生的新鲜事儿，好一阵子，他们的心里都乐不可支……从未感觉到这么甜蜜、愉快……

他情不自禁地把她抱在怀里。她从他的怀抱中挣脱出来，顺着河边的沙滩奔跑，不时调皮地回头看着他在后面追逐，"咯咯！咯咯！"一路撒下银铃般的笑声……

一阵过云雨，把他俩浇了个透。离村较远，他俩只好躲到菜地里的机井房。周围寂静极了，微风轻轻地阵阵地吹着，时而飘来沁人心脾的香草味。她依偎在他身上，湿漉漉的单薄衣服紧紧裹着她充满青春魅力的身体，丰满的胸脯随着喘气微微起伏……脑海里憧憬着未来，陶醉地编织着心中温暖的家——她的安乐窝、避风港！

他含情脉脉地望着她——白嫩的脸蛋上，两只乌黑的眼睛，挂着水珠儿，明晃晃地闪动着，两条平角小辫虽沾了水，还紧扎着，微微荡漾，十分诱人。

突然，他紧紧抱住她的肩膀亲了她的嘴唇。

她感到一张微微张开湿润的嘴唇，粘在她的嘴唇上，在开始这一瞬间，产生一种不大舒服的感觉，但之后便甜蜜地颤动起来。她的胸脯高高耸起，嘴唇也微微张开，变得湿润。一股暖流和快感传遍全身，她仿佛飘然欲仙了。这时，他们感觉周围的一切都不存在了，只有他和她……

而后，她莞尔一笑，调皮地说："这就是你说的'有事儿'，来散步啊！"

至今，她的体态、容貌和散发着的青春魅力，仍然强烈地吸引着他。他一想起这事，想起当时的情景，只有在心灵深处才能加以重视，如此期盼，如此纯洁的热切的渴慕，他还从未见过，也没有听说过，甚至从来也没有梦见过。

从这件事情上，他发现，世界上误解和懈怠也许比奸诈和恶意还要坏事——至少奸诈和恶意不会经常出现。

"唉！"陆文望着旁边熟睡的爱人，长叹了一口气。可人世间，如同梦幻一般……从那以后……

他自言自语："安妮，我亲爱的。倘若我告诉这你一切，每想起那纯洁无瑕、那真心诚意、那柔情似水的情景，自己灵魂深处也好像腾起了烈火，充满激情期盼和渴望。你可不要责备我。但那，毕竟已是过去的事了。今天我离不开你，不管你爱不爱我。不要在乎过去，日久见人心。"

看到幸福的人，而却让她偏偏不幸，这是最让人不能忍受的。

陆文低下头，轻轻地在安妮的唇上落了一个吻。

陆文和安妮

六

经过一昼夜的辗转反侧，陆文静下了心，决定去找他那位中学的老同学——宁可碰，不可误。

周末，天光微明。陆文和安妮驱车前往陆文老同学单位的办公楼。

办公楼坐落在市中心的迎宾大街，楼房拔地而起，足有三十多层，显得挺拔、威严、壮丽。一对石狮子在院外大门两旁威武地守护着。两名武警战士笔直地站在两侧，查验过往的车辆和人员。

武警战士示意他们将车停在停车场，人员到传达室登记。

推门进入传达室，一位年轻的姑娘忙整理着头发，客气地站起来。

陆文微感抱歉地问道："姑娘，我们进去找个人。"

"身份证。"年轻的女工作人员说着，从抽屉中拿出登记本。

陆文一摸衣兜，"哎呀！没带！"心想这可坏事了。

爱人安妮急忙掏出自己的身份证问："用我的行吗？"

不料年轻的姑娘非常爽快地同意了。

"到哪个单位？找谁？联系过没？"姑娘一连串地问话。

"没联系过。到建委，找一位女领导。"陆文听同学说她在这里上班，当领导，但不知道什么职务。

"找顾主任？找她的人可真多！"姑娘抬起头，诡异地看着他俩，把他俩从头到脚打量个遍，又说，"请你们稍等一下！"然后，拨打电话："刘秘书，有两位客人要找顾主任……"

听电话里不断地询问："他们是党校同学还是大学同学？姓什么？"

陆文在旁边，听得见电话里面的话。他有些不耐烦地说："都不是！陆——文，中学的同学。"说话声音很高，调子也拉得很长。

他心想：这儿，可不如我们小地方的人实在。

来之前，他也反复想过，来这儿也许会碰钉子，也许人家会敷衍几句话，打发走人。可没想到这么麻烦，这么牛气！

爱人安妮轻轻瞟了他一眼，陆文不吭声了。

"好，登记吧！"

办公大楼内，高空悬挂着华丽的吊灯，红地毯顺着楼道一直延伸到楼角。迎面的墙壁上，大型电子屏幕显示着"为人民服务"五个字。楼门口，一位笑容可掬的年轻人迎上来，问："你们就是顾主任的同学吧？"

"是的！"陆文答道。

"顾主任在办公室等你！我是她的秘书小刘。"

顾主任的办公室在四楼，房间很大，一进门，就给人一种宽敞、通透、明亮的感觉，使人舒畅。

她身着一身黑色职业套服，淡黄色的毛衣，短发，白净的脸上架着一副近视眼镜，显得秀美、简朴、大气。她笔直地坐在办公桌正中，身后的一排书架上摆放着各种书籍。

当他们进来的时候，顾主任正专心致志地不知写什么，头也没抬地说："小刘，你给倒点儿水。"

陆文和安妮

在这一瞬间，陆文看着她，心里充满了万千思绪和感慨，往事再次开启他记忆的闸门。这就是他曾经心挨着心最亲近的人，曾经感动过他那颗心的那个拥有伟大灵魂的人。三十多年了，变化可太大了。当官和不当官的不一样，小官和大官不一样，这男当官和女当官的更不一样。

陆文的自尊心似乎受到了伤害，他感到很尴尬。这种不佳的情绪，也正是由于自己的身份而内心感到的沮丧以及对她感到不满的表现，而这种不满又与被愚蠢的虚荣心煽动起来的嫉妒联系在一起。

他想：要不是为了爱人，看她姑姑可怜，我才不来这儿受这活罪。

陆文极力掩饰着自己，表现出若无其事的样子，可眼眸一直在仔细地端详着这位老同学。

过了一会儿，顾主任放下手中的笔，像是松了口气，站起来，面带微笑，疾步走向陆文和安妮坐的沙发，边走边说："来了！今儿有点儿急事。"

她自言自语，像是在解释，眼眸直射陆文。这眼光，只有他自己知道意味着什么。

陆文急忙向她介绍："这是我爱人安妮。"顾主任用双手热情地握着安妮的手说："咱俩好像在哪儿见过面？"她边说边深情地望着安妮。此刻，安妮倒觉得这位顾主任不难接触。

当她和陆文握手时，他感到她的手很有劲，似乎被一股无形的电流左右着……这种感觉，连陆文自己一时也说不清楚，只是靠感觉，不好言语。

顾主任回到办公桌前坐下，很淡定，用期待的眼光看着陆文。

陆文喝了口水。说："找老同学有点儿事……"

尽管陆文在极力掩饰着自己，但他那灵魂的深处正被种种激情所折磨，为苦闷所纷扰。在这一刹那，他感到说话有点儿底气不足。

聪明的爱人安妮似乎觉察到了什么，或是为姑姑急于办事的缘故，没等陆文说完话就开了口："顾主任，是这样！我姑姑的小孩浩浩，在你这儿考……"她把这次来的目的急着讲了出来。

顾主任耐心地听了安妮的述说，时不时地瞅一眼陆文，然后严肃认真地说："这事儿，我知道了。"

这时，屋里正好进来批阅文件的办事员，陆文便急忙站起来，面带微笑地说："你忙，那我们先走了。"

出了办公室，陆文和爱人本能地相互对视一下目光，谁也没说什么，一直往楼下走。

陆文不由自主地想：这话——是想给办这事儿呢，还是在推辞呢？……

自己这几年在官场上摸爬滚打，也算能听懂官场话的人，有时自己也说官场上的话。这官场之言可不像写说明文，都是含蓄得很。

陆文琢磨着，等等再说……

时间悄悄地过去了，转眼就是三个多月，也没有一点儿消息。

对于陆文来说，这一段时间可谓度日如年。姑姑隔三差五来电话询问，看着爱人安妮每天闷闷不乐的样子，他心里也沉甸甸的，有种说不出的难受，心比吃了黄连还苦。

陆文对他那位老同学，所谓的顾主任，彻底失望了。

一想起这事儿，他心中的怨恨就开始升腾，气不打一处来，感到撕心裂肺地痛。他甚至责备自己，压根儿就不该去找她——"伪君子"。这人变化太大了！

七

大概又过了十几天，一大早，陆文就听到手机铃响。

他拿起手机一看，是那位顾主任的电话。

"陆文，给你报个喜！"陆文半信半疑地继续听她讲，"你那亲戚考试的事，搞清楚了，不属于作弊。成绩也不错，排在报考人员的前十名。好好鼓励一下孩子，也许是个好苗子。我要开个会，就不多说了。"

这事儿，来得有点儿突然。

陆文的脑袋里像注入了浆糊似的，懵了，他不知如何是好，电话里只会说一个字："好！好！好！"

通完电话，过了一会儿，陆文才清醒过来，用力拍了一下自己的大腿，懊悔地说："哎！这叫什么事儿！"习惯性地走到窗户前，双手抱胸凝视着窗外，看着蔚蓝色的天空中正飞得老高的一架飞机。

他的嘴里仍然念叨着："这孩子，他到底干了些什么？"

安妮听说消息后，脸上总算有了笑容，拿起手机就给姑姑打电话，说："浩浩的考试过关了……"

姑姑抱住儿子，高兴得掉出眼泪，指着儿子的脑门："你呀！你呀！"

浩浩抱着他妈妈的肩膀说："妈，儿子没给您丢脸。我没作弊！"然后顽皮地扮了个鬼脸，"以后我就知道怎么做事啦！"

原来，那天考试，他一看考题都会，答得很顺利，提前半个小时就做完了。反复检查了几遍，看时间还足够，就把考卷答案抄在了准考证上。不巧被监考老师发现，以为他在作弊，还不让他解释，直接就把考卷收走，并在考卷上做了"舞弊"的印记。

事后，组织这次考试的监考小组把整个考试的情况统一向建委领导进行了汇报。主管这项工作的顾主任，针对在考试中出现的每一个问题，组织人员反复进行核查，最后做出了处置决定。

新闻媒体对这事儿还做了专题报道，并给予了充分肯定。

陆文和安妮

八

我那老同学——陆文和安妮的事就写到这里。

先生，您一定会说，这信写得太长，有些啰唆了吧！这也是我的老毛病，以后会逐渐克服。

不过，从他们的人生经历中，我感觉到，人也是动物，只不过是高级动物，是有感情、有思想的动物。拥有喜怒哀乐、七情六欲、悲欢离合，或许才是真正的人生。

您说得对。在人生短暂的旅途中，人要是不那么死心眼，不那么执着追忆往事的不幸，而更多的是考虑如何面对现实处境，坦然处之，那么，人的苦楚就会少一些。

不要把命运中的不幸拿来反复咀嚼，要懂得享受现在，过去的事情就让它过去吧。

有些事情只要看得开、放得下、想得通，就会悟到真谛。

先生，在交谈中您还鼓励我，退休后最好做一些事，不要懒散家中，不然对身体不好，做一些自己喜欢做的事；也可延续自己多年来的工作和生活习惯，静下心来读一些书、写一点儿东西，来丰富自己的生活，长期地坚持下去就会起到修身养性的效果。开始写的时候，多看一些名著和当代一些知名作家的作品，认真研读。写得也不要太长，写短一点儿。不要着急，慢慢来，就像树上结的苹果一样，熟透了自然会掉下来。时间长了熟能生巧，自己也会感到有成就感的。您常说，小说是人类情绪的容器，是描写人的感情、描写人的命运的。大胆地凌云执笔，在荒诞中说出的道理，也许并不荒诞。先生，我大胆地试着写了这篇小说，对它比较爱好一些。现通过写信的方式发给您，还望您多指教。

顺便告诉您，您送我的那盆迎春花已繁殖了好几盆，长得很茂盛、很美丽。修长纤细的枝条，从根到梢，由粗渐细，由深绿变嫩绿，一条条地往下垂。枝头的花蕾含苞欲放，争奇斗艳，悄悄地润了色，枝青花黄，搭配得很协调。盛开的花瓣舒展着，多得几乎把枝条覆盖住了。鹅黄色的花朵开得并不大，花儿像个小喇叭，在灿烂阳光的照射下，显得那么楚楚动人，不少来家的客人都对它赞不绝口。一到春天，百花仙子就往地上撒出许多的花蕊，而最娇小、最芬芳的花，肯定当属迎春花喽！当你一看到迎春花开了，就说明春天已经来临了！

就写到这里，祝您一切安好！

你的学生：志同

二〇一〇年六月于北京

陆文和安妮

红缨马鞭

HONGYING MABIAN

朴素的年味

| 朴素的年味 |

一

刚进入腊月，妻子就要准备年货。我说："早了点儿吧？"

现在的市场上，只要你舍得掏钱，什么东西都能买得到。我拉着长调滑稽地朗读着《晨报》上的民谣："二十三，祭灶官；二十四，扫房子；二十五，磨豆腐；二十六，去割肉；二十七，杀只鸡；二十八，蒸枣花；二十九，去打酒；年三十，包饺子；大年初一，撅着屁股乱作揖儿。"

末了，我扬眉一笑，一副自以为是的样子。

可这些话，并没讨得妻子的欢喜——她根本就没听，眼睛一直凝视着墙上悬挂着的女儿的相片。

这也难怪，每逢佳节倍思亲嘛！购年货、盼过年，真正盼的是在外成家立业的姑娘可以早点回家。

这不，姑娘每一次来电话，妻子的第一句话就是："过年早点回家，妈给你做好吃的。"

她的唠叨，年前这几天，哎哟，搞得我的心也惶惶的，似乎感觉远在他乡的女儿跟我一样，耳边也一直轻轻地回旋着她母亲的唠叨：你妈喊你回家吃饭——

从平常的言语中，我感觉出妻子似乎在埋怨我对女儿回家这事的态

朴
素
的
年
味

度不积极，或者说不够热情。

实际上，我也早想女儿了。哪有当老爸的不想女儿的呢？只不过是不善言表罢了。深藏在心里谁也看不见，只有自己能体会得到。

我的心，姑娘肯定也会有所感知的！

看起来我似乎每天过得很平静，实际上，我是用写日记和读书的方式来整理混乱的情绪，释放情感，来安抚自己的内心。

前不久，阳光明媚，天气很好，我到户外散步。刚出家门，迎面就吹来一股风，风中带着轻柔、优美的旋律，很迷人。

觉得很熟悉，却一时想不起是什么歌。不由自主地就停下脚步，垂着头静静地听，自言自语地说："这是一首什么歌？这么好听呢！可就是一时想不起来……"

风刮一阵停一阵，歌声也时有时无，魔幻般地飘来飘去，弥漫在社区的上空，像是故意捉弄人似的，有意让你听不清。我恨不得把自己变成一只小鸟，飞向天空去追寻，于是大步流星地随着风和音律飘扬的方向走去。

路遇的熟人与我打招呼，也无暇顾及，顾不上回敬，仍然疾步走着。整个动作纯属一种本能的反应，果断、一鼓作气，根本不需要思考和准备，好像背后有一双无形的大手推着一样。到了社区幼儿园附近，这首歌才听得一清二楚：

小燕子，穿花衣，

年年春天来这里，

我问燕子你为啥来，

燕子说，这里的春天最美丽。

咳！这不是我女儿小时候经常唱的那首《小燕子》吗？怎么一下子就想不起来呢！

幼儿园的孩子们穿着艳丽的衣服，面色红润，身体矫健，着实可爱。此刻，他们正伴随着歌声，在老师的指导下做户外体操。

我一下子被这场景吸引住了，着了迷，整个灵魂都充满了奇妙的欢快感，犹如我以整个身心欣赏的甜美的春晨。我是多么的幸福呀！

我独自一人，两手搭在栏杆上，傻乎乎、直瞪瞪地看着孩子们，完全沉浸在宁静生活的美好之中。听着这首歌，越听越入神，我眼前的一切都变得朦胧恍惚起来，梦游似的含笑进入了另一个世界，脑子里一瞬间像过电影似的，一幕一幕地呈现出女儿过去在幼儿园的身影。

记得那一天，雨下得很大，我与妻子一同去接女儿。刚到幼儿园，老天爷也变换了方式，大雨变成绵绵细雨，地面上到处积存着雨水。幼儿园大门口挤满了人，连旁边的柏油马路也几乎不能通行了。无论年轻男女还是白发翁妪，或披着雨衣，或手里打着伞，面朝着一个方向，凝视着幼儿园大门口。头发、肩膀都被雨淋得发着亮光，人们似乎忘了还下着雨，着急地等待着……

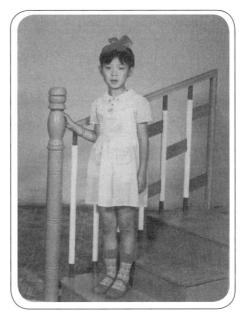

| 作者女儿照片 |

"下课啦！下课啦！"不知谁在喊。

幼儿园的楼门距离院门大约十几米,只见楼门口冲出一个胖嘟嘟的小女孩,嘴里喊着:"妈妈！爸爸！"双臂伸展着,像一只小燕子似的朝幼儿园大门口飞扑过来。

妻子和我又惊奇又兴奋。

妻子用手指着女儿,连说:"你——看！你——看！你——看！"几乎要跳起来。我忙用手示意她。她四周环顾了一下:"哎——哎——"拉着长调甜蜜地回应着。

大门打开了。

妻子急忙向前走了几步,像张开的翅膀一样撑着雨伞迎了过去,把雨伞罩在孩子的头上,伸手就要抱孩子,笑嘻嘻地问:"今天上课老师教什么了？"

女儿推开妈妈的手说:"妈妈,我要自己走,我长大了。老师说不能经常让大人抱。"

妻子高兴地抚摸着孩子的头说:"行！行！孩子长大了,自己——走！"

就这样,妻子手扶着孩子的肩膀,我撑着雨伞,一起朝家的方向走去。

面对这一场景,我和妻子不由自主地相视一笑,感慨地说道:"好啊！小有志气,长大肯定有出息……"

孩子抬起头,用亮晶晶的眼睛看着我们,嗲嗲地说道:"爸爸、妈妈,老师今天又教我们新歌了！"说着就唱起来:

　　　我是爸爸、妈妈心中的宝贝,
　　　一天一天在长大。

我爱跳舞、唱歌、弹琴和画画，

样样都爱呀！

有的时候我也帮帮爸爸、妈妈，

因为他们很忙呀！

妈妈疼我，爸爸疼我，

快快长大，

一定做个好娃娃。

爱爸爸，爱妈妈，

爱护我的家。

快快乐乐长大，

像爸爸，像妈妈，

爱我一样，

爱他们和我的家……

孩子唱完后，妻子急忙问她："你唱的叫什么歌呀？"

"老师说是《幸福的家》。"

"好——啊！"我和妻子不约而同激动地说道。

雨伞下不时传出欢笑的声音，那么甜蜜！那么幸福！

直到一位路遇的好心姑娘过来问我："大爷，您没事吧？"

我才乍然惊醒："没事！没事！"急忙掏出纸巾擦着眼角掉出的眼泪。唉！人到了一定年龄，感情也变得脆弱了。

晚上，想念女儿的思绪仍然不断地膨胀、发酵和升温。我极力调整自己的情绪，坐在书桌旁，打开电脑，搜到《小燕子》这首歌，静静地听了一遍，然后拿出日记本开始写作：

朴素的年味

静夜禅思

好静好静的夜啊！

好明好明的月。

好蓝好蓝的天啊！

好远好远的路。

好美好美的梦啊！

好香好香的觉。

好深好深的情啊！

好痴好痴的爱。

当我在日记中写完这篇像诗又不是诗的作品后，心里就像了却了一桩心事那样安然，像是见到女儿一样那般高兴。当晚，我美美地睡了一觉。

我也知道，孩子长大后老是懒散在家里是不行的，到一定年龄总是要离开家长独立生活，而且肯定会走一条与父母不同的人生道路。女儿研究生毕业后，我们就给了孩子充分的自由：在哪个地方就业，做什么工作，自己寻找，自己决定。

次年，女儿决定去外地工作。我们鼓励她说："那就加油干啊！"

不久，女儿找了个对象，也征求过他母亲的意见。妻子没有表示反对，只是有些担心。在这些想法上，我们不用商量就保持着一致。

孩子成家立业后，我们夫妇又回到了二人世界。

我感到，一直跟女儿生活，突然一下子分开颇有些不习惯。而妻子的感受更加强烈。

女儿从幼儿园到高中，上的都是不提供食宿的学校。妻子每天早上五点就起来做早饭，女儿上高中之后，偶尔会从外面买回早点在家吃，就这样一直坚持到孩子上大学。

女儿不用照顾了，花在这方面的时间就少了，于是我们俩独处的时间自然也增多了。虽然有时会感到冷落，但意识到从今以后我们俩在一起的时间比以往任何时候都宝贵，会释然很多。有时，我们感到像回到了新婚状态一样，回到了没有孩子的那个时期。其实，我们俩人没有商量今后怎么办，彼此也没有多少话，但谈起女儿总有说不完的话题。

那时才发现，人生真正的价值，不是金钱、名誉或权力，那些只不过是一瞬间就会消失的海市蜃楼，对女儿的期盼才是我们生活的唯一。无论在生活还是工作上，女儿哪怕只有一点点儿进步和成就，都令我们感到十分欣慰。

婚姻中没有正确的答案。作为伴侣，也许不能理解对方的全部，因为世界上不存在百分之百相互理解的人。但是，如果对方真正需要的部分不能给予理解的话，那么这对夫妻是不合格的。在我上班的时候，如果因为工作或者开会不能回家吃饭时，我一定会告诉妻子。因为对于等你回家吃饭的人来说，这是非常重要的一件事，既是对对方的尊重，也是爱。

妻子在厨房做饭，我手头上没事的话，就想在她身边看看，帮忙摆摆餐桌、筷子，端端餐盘。家务事九成以上是妻子做的，剩下的只要会，我就去做，仅此而已。

我已经六十多岁了。回想往事，我的人生是非常幸福的。这得益于很多精彩的机遇，也让我忘却了过去很多令人不快的事。

朴素的年味

物质生活的好坏，没法子比较，好的还有更好的。而精神生活的好坏，要靠自己 "修养"。现在我便处于最佳状态，十分庆幸。

妻子的埋怨我能理解。妻子常说女儿是她身上掉下的肉。十月怀胎不容易，尤其对于一个挺着大肚子仍骑着自行车坚持上班，没请一天假仍然坚持做家务，直到小孩要出生的前一刻才住医院的女人而言，更是不容易！

唉！春节来临，妻子自然思女心切。

| 作者和女儿 |

二

从我退休后，我们家的"经济结构和机制"悄然发生了变化。我这个"当官做老爷"的地位一落千丈，从过去的第一位，变成现在的最末位，地位发生了根本性的变化。女儿的事成了第一位，是重中之重。

于是，我用微博上推荐的常用于安抚妻子的一句话对她说："你说得对，要过年了，咱们就去买吧！"

顿时，妻子高兴起来，精神抖擞，说起话来滔滔不绝："你说，现在的春节就是缺乏年味，少的是我们过去那种质朴、细腻的感觉。你也想一想，现在有的家庭一过年动不动就在宾馆或饭店订饭，这不就和泡方便面吃一个感觉吗？流水线生产的过年的食品，肯定不会像手工制作的有感情、有味道。在平面生活的时代，每个家庭很难有自身的质感，在这种心境下，即使贴了春联、放了鞭炮，年的味道还是那么远、那么淡。"

妻子说完，一副怡然自得的样子。有了上次的经验，我应和着说："你说得对！"然后，急忙瞅了一眼妻子，见她很高兴。

我又说："你的意思我听出来了，咱们自己做传统的、质朴的，要有特色，让年味浓浓的。"

朴
素
的
年
味

187

　　她又说起来："我再给你明确一下，我们要的就是这个过程，这种感觉，这样的年味。"

　　我心想："啊呀！这几天她睡不好觉，原来是在考虑这事儿——真真切切有了感悟，上升到理论水准，找到了真谛——可真有年味了。"

　　话又说回来了，妻子年轻时是教师，后来成为一名基层公务人员，她最大的特点就是爱学习。退休后，每天早上看中央电视台财经频道，中午看中央电视台国际频道晚上看新闻联播，抽空看一些自己喜欢的书。她还每天坚持写日记，现在看来，学与不学就是不一样。学习可以让自己精神变得更加强大，内心变得更加丰富充实，要不说"知识改变命运"呢！学习不但能让人有一个好的心境，还能养颜、养心，甚至能够养生，尤其在这个"知识经济"时代。

　　退休后，我俩最不缺的就是时间。在妻子的安排下，我们决定以"姑娘喜欢吃的东西"为标准，本着"价廉物美"的原则，发扬"购物不怕艰辛"的精神。妻子说今天到哪里，我就跟着到哪里。逛商场、跑超市，大街小巷转了个遍。

　　今年的天气很反常。老天爷不知让谁得罪了，雪下得不仅频，还很大。当大雪下来时，我的心情忧郁之中又带着兴奋，而兴奋终于压倒了忧郁。第一场雪，地面上浅如敷粉，恰可以把人迹印在石板路上。第二场雪十分壮观，雪花如帘如幕，在窗外深垂，整天整夜坦坦荡荡下个没完。夜色中，雪经过反射，射入玻璃窗，在屋内的墙上跳来跳去。

　　哈哈！如果我年轻二十岁，我愿化身天使，插上一双翅膀，随着雪花只身飘浮，穿越时空，去姑娘家中，亲自告诉她："过年你妈让你早点儿回家吃饭！"

　　但我已六十有余，梦游症不治而愈，只能是想入非非，化为一缕诗魂，若隐若现，渐淡渐远。

第二天，我起身看着静止的雪，不，是静止的大地，像变了个世界。白茫茫的雪，覆盖着大地，无边无际，风起雪飞，如烟如雾。

但姑娘过年回家的消息无形地支撑着我们，妻子和我仍踩着发出"咯吱！咯吱！"声音的雪地，一路相互搀扶出行。如果有细心的人相遇，准能听出我俩整齐的步伐。一路上，身后留下深深的脚印，不，是期盼女儿回家深深的——情和爱。

古人云："秀才不出门，便知天下闻。"可现在是信息化时代，远不如此。在这个经济高速发展的社会里，人们的经营理念和经营模式发生了根本性的变化，都是前瞻性的。当你步入商场、超市和大街小巷的时候，过年的气氛迎面扑来，到处弥漫着浓浓的过年的味道。

一旦进入这个世界，这个世界比以往我们所熟悉的世界更丰富、更多彩，是一个鲜活的"不加任何掩饰"的世界。

你会被"人海"所淹没，会被芳香四溢的年货所包围。你会嗅到香喷喷的蒸馍、炸糕味，活蹦乱跳的鱼虾味，水灵灵的鲜果味，鲜嫩的牛、羊、猪肉味，小磨坊的香油味，鞭炮的火药味，墨迹未干的对联味……种种年货的味道扑鼻而来，沁人心脾，忽忽悠悠地使人陶醉。

你再也不会考虑什么标准和原则了，你这也想要，那也想买，生怕姑娘，哪一样东西吃不上，哪一种食品的味道尝不上，好像买东西不要钱似的。

跑一趟回来，满身都是汗，摘掉头巾和帽子，头上直冒热气。妻子和我互相看着对方，不由得默默地笑。哎哟！笑得那叫一个开心。虽然有些累，但心里很充实。

我深深地感觉，这大概就是对女儿的爱，由爱而生的一种质朴而伟大的精神吧！

朴素的年味

进入腊月以来，妻子像变了个人似的，精气神十足，吃饭好，睡觉香，话语也特别多。

有一天早上，刚一起床，她就很神秘地对我说："过年，女儿全家都要回来了！"

我急忙问："你咋知道的，女儿打电话了？"又补充道，"我咋不知道？"妻子没直接回答我的问题。

我直直地看着她，感觉她比任何时候都漂亮。她的下巴和面颊有些丰满，却毫无臃肿之感；美丽紧实的皮肤，白里透红；她的腰身略微有点儿粗，上身呈现方形。透过衣服看她的身体，尤其是她丰满的肩膀，和浑圆的脖子配在一起，着实可爱。不过很快我定了定神，静下心来，坐在床边听她说。她在床上习惯性地梳理了一下头发，笑眯眯地目视着墙上悬挂着的女儿的相片，然后慢条斯理地说："回来了。咱们的小外孙长高了，刚会说话。他妈打扮得漂亮极了：上身穿着浅黄色褂子，下身穿着淡绿色裤子，脚上穿着一双小红皮鞋。她妈还给扎了俩小辫，水灵灵的脸蛋，毛茸茸的一双大眼睛，眉间还给点了一颗小红豆，真可爱。一进门，两只小手合十就拜：'姥爷、姥姥过年——好！'我高兴地抱上她。哎哟！小东西不停地说，指着墙上挂着的'福'字，问：'这是什么呀？''福。就是你们过年回来，姥姥高兴，有福！'又指着灯笼问：'这是什么呀？''灯——笼。迎新春的，就是盼你快快长大。'到了后屋，看见供祖的枣山（自家做的面食）又指着问：'这是干吗的呀？''就是让去世的你姥爷的亲人们回家一起过年。''噢！我也一起过年。'"

说到这儿，妻子抬头看一看窗外，再次习惯性地梳理了一下头发，深沉而又慢慢地继续说道："你说那小东西可真聪明，我抱着她在家走了一圈儿，坐在沙发上，她看着房顶上亮着灯，你猜她说啥，让你使劲儿猜你也想不到。她说："我妈说，打灯浪费电。'说得全家人都哄堂大笑。"

"哈哈！这么小的孩子就知道勤俭了。好样的。"我在一旁兴奋地说。

"你说怪不怪？"妻子调整了一下呼吸，"这——梦，像真的一样。"

"唉！原来你说的是——梦啊？"

妻子话语间，眼睛湿漉漉的，她低垂着头，直直地看着屋门。

我也不好受。

这时候，"铃——铃！"手机响了，妻子急忙拿起接听。我在旁边听到是姑娘的声音。妻子像连珠炮一样地问话："嗯！没买上票，那不回来了？"

"噢！跑了几天没买上火车票。"

"那你买飞机票，妈给你出钱！"

"噢！买上飞机票了。哪天的？"

"年三十的。都能回来吧？好！好！"

在旁边，我听到最后几句话，声音很高，女儿说："妈，你给我发的电子邮件收到了。过年一定回去，吃爸炒的菜，还有妈包的饺子。我都已经闻到香味了。"

听完女儿的电话，我纳闷："妻子什么时候发的邮件，我咋不知道？是不又是晚上我睡着后写的？"

女儿打完电话后，还在回味他妈在邮件中给她写的信。

亲爱的孩子：

你是妈妈身上掉下来的肉。还记得你刚刚出生的时候，那肉嘟嘟的

朴素的年味

小红脸和嘹亮的啼哭声吗？你爸急忙拿着小勺喂你红糖水，你那小嘴喝得那个香呀，我和你爸看着都欣慰地笑了。

从你出生那一刻起，我和你爸对你的未来就寄予了希望。

记得第一次，你张着刚刚长牙的的小嘴，咿咿呀呀地叫着爸爸、妈妈的时候，我们那个乐呀、美呀！不知怎么形容，用语言也难以表达我们那时的心情。

那时候，我们觉得所有的辛苦都是那么值得，因为我们听到了天底下最美妙的语言，那声音真是天籁之音，令人陶醉。

当你步履蹒跚地上了幼儿园，我和你爸不管春夏秋冬、酷暑寒冬，依然坚持每天接送，时而还站在窗外偷偷看你，那时我们只能强忍住泪水和心疼，盼着你将来能独自成人。

再后来，你开始了十几年的求学历程，在那条上学的道路上，十几个岁岁月月，我们每时每刻都期盼着，看着你一天天地长大。

爸妈希望你是一个爱学习的好孩子，学习是你一生的功课。乐学才能好学，好学才能苦学，苦学才能有硕果。

我和你爸每天轮流陪着你，看到的是你熟睡的脸庞和你伏案学习的背影。

长大了的你还去了异国他乡，爸爸、妈妈也被带到了你去的远方。我们每天必看的是《天气预报》，因为我们想知道那座城市的天气到底怎样，我们是否要提醒你穿多还是穿少。

当听到你完成学业，获得学位的消息时，你爸爸兴奋地跳起来，说要在家里给你祝贺。就妈和你爸，只有他一个人喝酒，醉了！嘴里还不停地念叨着你。

亲爱的孩子，那可是因为他太高兴啦！

六十岁的我们，终于盼到了你有了工作、成了家，替你高兴，也为你感到骄傲和自豪，只是我们见到你的机会越来越少。

每次见到你，我们都希望时间过得慢些、再慢些，希望你能在我们身旁耐心地说说话，也好让我们记住你现在的样子。

在你不在的那些日子里，让我们慢慢地回忆、再回忆。在我们慢慢的回忆里，我们也慢慢地变老。

我亲爱的孩子，爸爸、妈妈偷偷地算了一笔账。如果我们活到八十岁，每年见到你一次，那我们只能见到你二十次了；如果我们活不到八十岁，那我们见面的机会会更少。所以我们会好好地珍惜，活好最后二十次的分分秒秒。

孩子，如果你看到我们渐渐地老去，不要惊慌，那是我们对你的思念洗白了我们的黑发；如果我们重复说同样一件事情，请不要打断我们，那是我们对你儿时的记忆，占据了我们大部分的头脑。

亲爱的孩子，让我们感受这美好的世界，让我们竭尽所能地给你最多的爱。你就是我们未来的希望，总有一天会长成一棵大树。

亲爱的孩子，到那时，你带着你的孩子回家吧！我们会告诉你的孩子，你会像我们爱你一样爱他，也希望他长成一棵参天大树，成为你的骄傲！

爸爸、妈妈

2010年5月20日

朴素的年味

三

年越来越近，年味也越来越浓。女儿回家的信息，我们仿佛吃了一颗"定心丸"，我和妻子更开朗、更活泼、更兴奋，也更忙碌了。

就是想控制，也控制不住。

这是一种对女儿极致的情感超越，而由此产生的爱，最深刻、最真挚、最强烈，也最专一。

现在的生活，可比过去好太多。按照往常家里的生活习惯和姑娘的喜好，过年要准备的东西很多。就说在饭菜上，也有好多种，比如，酱牛肉、涮羊肉、手抓羊肉、红烧鱼、锅烧鸡，各种蔬菜，应有尽有；主食有油炸的馓子、套花、炸糕、八宝粥、玉米摊花、白面馍馍，样样俱全……

往常家里每年做的菜还有红烧肉，当地人叫扒肉条。人们常说：亲不过姑舅，香不过猪肉。这也是姑娘喜欢吃的一道菜。按照传统的做法，这道菜做起来相对复杂些：取十厘米见方的五花带皮猪肉，用水浸泡，去掉猪肉皮上的细毛，用清水煮开后去油污；然后放上调料将其煮到八成熟；把白糖炒成赤红色，猪肉出锅后，将糖色涂在猪皮上，再放入油锅中炸至棕红色，放回汤锅里回锅即可。

这道菜我最拿手，往年做也都是我掌厨，今年有些感冒，妻子亲自操作，我则隔着厨房玻璃窗观摩、指导。

妻子一边干活，一边与我发表着议论："你说，为什么，世界这么大，中国人过年，无论人在哪州哪国，不远万里都想着要回家团聚？我们中国人这么在意这个节日，是这个节日在一定程度上提供了'精神上的故乡'。

"亲友相聚、阖家团圆的过程，其实也就是每个人回归"精神故乡"的过程。最根本的是，故乡是生你、养你、抚育你成长的地方，这里有你的亲人和真爱，要不人常说，亲不亲故土亲呢！

"过年不是社会上的一种人，简单地群发信息、淘宝买新衣、吃速冻饺子，它是有着深厚浓重文化传统的节日。"

我打断她的话说："姑娘不是回来呀？"

她接着说："我说的不是姑娘。我生养的孩子我知道，除非工作离不开，要不然肯定过年回家看——爹娘的。我是说社会上的事。"

我觉得她说的话太玄乎，有点高谈阔论，心想，不要说了，用心干活吧，生怕她不慎让锅烫着。想着换个话题，我看了看她便说："你准备这么多肉，爱吃肉的女婿假若回不来……"

没等我说完，她就接着上了我的话："假若他回不来就给他带回去吃！这个，我们要理解。是军人就要服从命令，'养兵千日，用兵一日'，别说是值班，就是打仗也得去。没有大家哪有小家，国泰民才安……"

她在家里说这些话，我实在没有想到，有点太理论化了。连我自己听后都感到震撼，这么强势、这么自信。哎哟！不愧是"毛泽东时代"教育培养出的人。

在我看来，妻子属于新时代政治上最可靠的人，领导指到哪里她就干到哪里，是一位大公无私，跟老黄牛一样干起工作不要命的干部。因

朴素的年味

业务精、能力强，被单位树为典型。那些年，妻子年年是先进，年年受表彰，后来还被评为市一级劳模。

她从参加工作，一直在基层工作岗位上，无求、无愿，一直干到退休。长年累月地透支着身体工作，到头来落得一身病。

看着她身体疼痛难以忍受的样子，我有时问她："你后悔过没？"

她不假思索，回答得很干练、很肯定："无怨无悔。"

想到这儿，我很无奈地端着一杯水，拉开厨房隔扇玻璃门递给她，说："你喝点儿水吧。"

果不其然，在她喝水的一瞬间，过肉的油锅着火了，她急忙关掉煤气，取出肉，放进要回锅的汤里。歪打正着，火大，过出的肉的成色效果反而更好。妻子自信而得意地说："以后就不用你了。"

我心想：不用正好省得我干。可没说出口，却说："那敢情好！"投去了殷勤的笑脸。

四

年三十晚上的饭，是我国最隆重、最具传统意义的一顿饭；是中华民族向往美好幸福、阖家团圆的一顿饭；也是我国千千万万个家庭的人们，为此而奔波的一顿饭。

妻子把保存的每年过节才用的餐具拿出来。在她的心里，这时候拿出来用，更能彰显节日气氛。足足用了一下午的时间，把铜酒壶、铜酒盅和涮羊肉用的铜火锅，擦得锃亮。妻子说："要的就是这个感觉、这个味道。"

姑娘赶回来了——女婿值班，她成了代表。妻子安排的饭菜都是姑娘喜欢吃、外地吃不着的菜。而且还很勤俭，够吃就行，三人共同下厨。

色调最温润、味道最清淡、成色最好的一般是我做的菜。我做的菜很少给大荤大油，荤少素多，尝不出味精来，盐味也淡得若有若无。红烧肉一般都入口即化，味道厚实、地道。

今天由我掌厨。

对妻子平时的饮食我监管得很仔细，可以说是滴水不漏：海鲜不能吃，怕痛风；猪肉不能吃，担心高血脂；浓酱不能沾，会影响血浓度；

朴素的年味

197

水果等生冷的美食，想也不用想……一顿饭下来，可怜巴巴的，老说我饿着她。

在家里还可以，我会陪着她一块吃。有时外出赴宴，看她目光灼灼地盯着那些想吃而不能吃的美食，我顿生怜意，觉得自己落筷如雨极有犯罪感。

可仔细想一想，说是抽烟伤肺、喝酒伤肝、吃肉伤胃，可是，不抽烟、不喝酒、不吃肉，伤——心。只要吃得开心，人就会快乐，身体自然会健康，有病也会好起来。姑娘今年回家过年，对于她吃什么、喝什么，绝不干涉，或许吃得、喝得不那么健康，但那种无拘无束、畅快淋漓的好心情始终存在。

姑娘亲自下厨做了一道菜——咖喱土豆炖牛肉，展示一下她厨艺的同时也表达了一份孝心。虽然我们都不喝酒，但在高脚酒杯里斟了一点红酒，共同举杯——祝福。

年夜饭最热闹。年三十晚上的春晚，像一座"连心桥"，把人们聚集在一起。一家人一边喝茶，一边看春晚，一边拉家常，然后，共同包饺子。姑娘还用相机拍了些相片，一家人其乐融融，开心得笑不够。

除夕与新年之际，是生命流失的界碑，"一夜连两岁，五更分二年"。宋代诗人苏轼《岁晚三首》中的在《守岁》中写道："欲知垂尽岁，有似 赴壑蛇。修鳞半已没，去意谁能遮？况欲系其尾，虽勤知奈何！儿童强不睡，相守夜欢哗。晨鸡且勿唱，更鼓畏添挝。坐久灯烬落，起看北斗斜。明年岂无年，心事恐蹉跎。努力尽今夕，少年犹可夸。"这是一首描写守岁风俗的诗。诗中，描绘出儿童与大人守岁的样子，表达了诗人对时间流逝不可挽留的无奈。

北方人在除夕和正月初一都要吃饺子，是取其"更岁交子"之意，即守岁时包，子时吃。通常在饺子里放上五样东西，代表福、禄、寿、喜、财全来。"五"也意味着要把财捂住。

要说做饺子，妻子还真有高招，她做出来的饺子也特别香。一顿饺子看起来似乎很平常，但制作过程讲究、精细。取去皮猪肉，手工切成细小碎块，提前放上调料拌好；第二天包的时候放上切碎的虾仁和韭菜，虾仁一个一个地用牙签挑掉黑线；不放味精，用鸡汤调味；鸡汤几天前用新鲜的鸡骨架熬制，先将鸡骨架用大火烧开后，去油污，然后用小火慢慢熬制；饺子皮面要提前用凉水和好，等面软一些再包。这样做出的饺子皮薄筋到，香而不腻，鲜嫩可口。

时间过得真快。零点马上到——春晚节目要喊倒计时了。

一家人都换上新衣裳。以往，妻子是不怎么料理我的衣着打扮的。今年却亲自为我，量身选购。内衣是纯棉的，她说这样穿上很温暖，材

朴素的年味

|作者全家照|

料本身就有触觉上的记忆，排气、吸汗又好，穿上自然很舒服。藏蓝色的西服外衣是名牌的、黑皮鞋也是名牌的，配上紫红色的衬衣、淡黄色羊绒毛衣和花领带，完美。我全穿戴完毕后，精气神十足，在屋里迈着八字步，悠然自得走了一圈。

妻子和姑娘笑眯眯、细心地在一旁观看着，很"养眼"，我的心里美滋滋的。常言道："人凭衣裳，马凭鞍。"这话说得一点不假。姑娘高兴地说："你看，我爸年轻了十几岁！"

退休以后，生活的方式变得特别纯粹。过去，总有许多不得不去做的事，忙碌焦虑，争分夺秒，事半功倍，就为了按时"交活儿"。现在则不同，所有的那些忙碌戛然而止。

我喜欢到户外悠闲地爬山、散步；喜欢只身躺在绿草如茵的草地上赏心悦目地看蓝天白云；喜欢在海边、河边卷起裤子赤脚踩水，听海、听河水声。这些是我喜欢追求的生活。所以，我有我自己的服饰特征，名牌不适合我。因为我喜欢——自在。

如今，只要是妻子尤其是姑娘喜欢，我就无比的高兴，感到十分惬意。

五

　　家庭是社会的细胞，家庭是血脉的延续。每个家庭都有自己的渴望、感觉、风格。

　　据说，十里不同风，百里不同俗。

　　要说我家的风俗习惯，便是每年年三十供祭祖先（祭奠过世的亲人）。我记得这样的风俗习惯，一直延续着。每年腊月二十八都要制作供品——蒸枣山，就是用发酵的白面放入适量的碱调和后，做成五朵梅花一样的面花，再用面做一个花篮底座，分三层将五朵梅花面花放在花篮底座上，成塔形，再在面花中放入红枣，上锅蒸熟即可。

　　制作供品的过程也是思念故人、思念亲人的过程。每到年三十那一天，专程到祖坟上烧纸、上香请"云"，就是请祖先（过世的亲人）回家过年，从年三十晚开始在家设坛供奉。然后过了初五再到坟地烧纸，等于送祖先（亲人）回去。

　　老人们在供奉祖先时，常常告诫后人："永远不要忘本！永远要懂得感恩！"

　　零点到。

　　按照当地的风俗、家庭的传统习惯，要点亮蜡烛，现在是打开所有

朴素的年味

201

的灯光，特别是悬挂的红灯笼；洗净手给供祖坛上敬香，供奉食品，放鞭炮、煮饺子。

姑娘垂着头，用筷子慢慢地夹起一个饺子咬了一小口，香喷喷的味道就沁出来了。突然，她高兴地喊道："我吃到糖了！我吃到糖了！"这糖，意味着今年一年将甜甜蜜蜜、顺顺利利。

姑娘说，她这几年在外地，每次吃别人做的菜、包的饺子，都感觉不如家里的香。实际上饭菜饺子都一样，这其中只因有爸妈的影子，甚至能听到声音……

世界再大，也要回家，浓浓的充满真情、真爱的年味儿，像磁铁一样吸引着每个人。朴素的年味，其实是一个过程，更是一种——感觉。

｜记忆中的家｜

后　记

历经数年，我的作品《红缨马鞭》终于要印刷出版了，深感欣慰。

人生过往，临近暮年，思绪甚多，时常怀念已故的亲人，思念心爱的人。在这种强烈的情绪的冲击下，加之对文学深深的热爱，我开始了写作之路。本书中描写和叙述的故事，也是我这些年来从人生旅途中逐渐积累汇集而成的。

毕竟是我的初创。

过去的一些事情，

有些事情忘记了，

有些事情过去了，

有些人也已经消失了。

但，我觉得那个时候，

他们在人生路上，发生的故事，

才是最美好、最动人的。

既然是小说，难免会有一些框架和内容的虚构成分。

生活，从来不会为我们提供不经过艺术加工而成为现成的作品材料。只要进入作品的构思阶段，就离不开虚拟和想象。故事是真实的，接触的人、事和情节是虚构的。

有些事情，也是我人生过程中的亲身经历：饱含着对人生的激情、失望和向往；饱含着人生的心酸、付出和汗水；也饱含着对人生未来的挚爱与深情。这其中流露出我一个小小的心愿：为了美好的明天，在人生历史长河中，把故事讲下去，传递温暖和爱。

在创作过程中，我先是把人物形象塑造起来，再把感情线加进去，然后想象他们将面对哪些转折点，要做些什么样的决定，而这个决定又将把哪些事情推到哪一个方向，这样，故事情节就自然而然地发展出来了。

文学也是人学，爱情是永恒的主题。为了让书中的故事充满生活气息，我在叙述和描写当中也穿插了一些情感故事。

在创作过程中，丰富的想象，促使我形成了作品。我把想象，特别是把自己的思考，和记忆结合起来，把彼此不相干的事物融合在一起，又把混合在一起的事物分离开来。从中我汲取了精神营养，感受到了精神上的愉悦和提升。

这，使我对文学，更加多了一份痴爱。

这，使我对人生，更加收获了一些启迪。

我觉得，人生，总是因为有回忆，才会多一份美好。

很多时候，我们以为一辈子不会忘记的事，就在我们念念不忘的日子里，被我们忘记了。

然而，回忆，胜过，永远的想念。

快乐在写作之中，在享受之中。

因为爱，才有了这本书，才使我忍得住寂寞和艰辛，不断地学习，不懈地努力，坚持着自己的创作。

我认为，小说是人类传递精神、情感、气质的工具。

说到底，小说就是一场梦，在梦里能见到你的亲人、爱你的人和你爱的人，感悟人生的酸甜苦辣咸……

任何事情，不可能完完全全由自己完成，《红缨马鞭》也是如此：在家中，得益于爱人和女儿的支持、奉献；在社会上，得益于老师和同学们的鼓励、呵护；在出版社，得益于编辑老师的辛勤劳作……整个创作过程中，渗透着他们的勤奋与汗水，才有了这部作品，实现了我的心愿，圆了我的文学梦。

几年来的创作，不管作品的内容或艺术水准如何，我个人认为，支撑、引领这些作品的核心，是我自己对已逝青春之年的农村生活的追忆。

谨以此书献给——

我的亲人，

爱我的人，

和我共享的人。

寇斌

2019 年 6 月